ASLI ERDOĞAN

A Cidade Vestida de Sangue

Kırmızı Pelerinli Kent
© Asli Erdogan, 1998
Published by arrangement with Agence Littéraire Astier-Pécher

Edição: Felipe Damorim e Leonardo Garzaro
Tradução: Camila Javanauskas
Arte: Vinicius Oliveira e Silvia Andrade
Revisão: Miriam Abões e Lígia Garzaro
Preparação: Ana Helena Oliveira

Conselho Editorial:
Felipe Damorim, Leonardo Garzaro, Lígia Garzaro,
Vinicius Oliveira e Ana Helena Oliveira.

Dados Internacionais de Catalogação na Publicação (CIP)
(Câmara Brasileira do Livro, SP, Brasil)

E66

Erdogan, Asli
   A cidade vestida de sangue / Asli Erdogan; Tradução de Camila Javanauskas. – Santo André - SP: Rua do Sabão, 2023.
   240 p.; 14 x 21 cm

   ISBN 978-65-86460-97-1

   1. Literatura turca. 2. Romance I. Erdogan, Asli. II. Javanauskas, Camila (Tradução). III. Título.

CDD 894.353

Índice para catálogo sistemático
I. Literatura turca
Elaborada por Bibliotecária Janaina Ramos – CRB-8/9166

[2023] Todos os direitos desta edição reservados à:
Editora Rua do Sabão
Rua da Fonte, 275 sala 62B - 09040-270 - Santo André, SP.

www.editoraruadosabao.com.br
facebook.com/editoraruadosabao
instagram.com/editoraruadosabao
twitter.com/edit_ruadosabao
youtube.com/editoraruadosabao
pinterest.com/editorarua
tiktok.com/@editoraruadosabao

ASLI ERDOĞAN

A Cidade Vestida de Sangue

Traduzido por Camila Javanauskas

Para Eduardo, que foi assassinado
por uma bala perdida em Santa Teresa.

VOCÊ foi a minha morte
Eu te mantive
Enquanto perdia tudo.

— Paul Celan

I

UMA VIAJANTE NAS RUAS DO RIO

Os cariocas chamam sua cidade de "o lugar mais lindo do mundo". Um coro que recita, uníssono: "o lugar mais lindo do mundo..." Este sentimento tem sido expresso em uma porção de idiomas e de múltiplas formas, de guias turísticos a filmes picantes, dos conquistadores do passado aos turistas que visitam a cidade durante o Carnaval. E eu concordo — apesar de não compreender bem como eles concebem a ideia de "mundo", eu vi a cidade o suficiente para acreditar de verdade.

Tenha consigo esta fotografia familiar, comum e de tirar o fôlego, do Rio: praias sem sombra, com areias prateadas brilhantes que se estendem até o infinito, pela labiríntica costa do Guanabara até o coração da cidade... montanhas como adagas enfincadas na terra, rasgando o horizonte em pedaços; abismos cambaleantes; penhascos magníficos com rochas assassinas, de tão violentas... O Pão de Açúcar esculpido em uma única peça de granito — às vezes, eu o comparo com um dedão; outras, com uma lápide —, há décadas preservando os mistérios da floresta, apesar das muitas devastações que já sofrera, ainda uma virgem borbulhante com as excitações da adolescência... Por debaixo da luz penetrante dos trópicos e da névoa avermelhada que abraça os declives, uma cidade transformada em uma terra de conto de fadas...

Não irei mais compor odes à beleza do Rio, a qual já foi descrita em profundos detalhes, pois já se passou muito tempo desde meu relacionamento com a cidade. Basta dizer que a imagem mais antiga da cidade em minha memória é precisamente a daquela fotografia, a que eu vi pela primeira vez em um cartão-postal mal impresso e barato. Resumindo, eu estava encantada. As pedras me impressionaram mais, contemporâneas à própria Terra, rochas prateadas, cinza, violeta, que relembram cobre e tijolos, todas juntas esculpidas por um movimento letal... Se eu fosse mais sentimental, eu teria queimado o cartão-postal nas flamas de uma vela e jogado as cinzas no vale de Santa Teresa, de onde os tiros ecoam. Porém eu o perdi, apenas perdi.

A única coisa que posso fazer agora é desejar que aqueles destinados à Cidade Maravilhosa tenham uma jornada sem acidentes ou azar. Eu sempre os lembro de que todas as aventuras no Brasil terminam em sangue, de que desde o século XVI estas terras selvagens levaram o melhor de todos os viajantes, imprudentes, caçadores de ouro e almas audaciosas que ousaram pisá-las. Eu os aconselho a não esquecer, por um minuto sequer, que o Rio mantém números recordes de casos de aids e violência, que eles não devem, em circunstância alguma, andar sozinhos, usar relógios, ouro ou qualquer outro tipo de joia que pareça ouro, que tomem toda e qualquer precaução para evitar que o sangue da cidade jorre sobre eles. E para que observem o pôr do sol — um espetáculo curto, mas impressionante nos trópicos — do Corcovado (onde a estátua de Jesus Cristo está localizada), e que não deixem de experimentar o suco de mamão papaia natural...

E então temos o Rio dos jornalistas, dos grupos de ajuda internacionais, de defensores dos direitos humanos, organizações "sem fronteiras". Essa é uma cidade em que um terço da população vive à beira da inanição, uma cidade com crime saindo pelas orelhas, uma cidade que engorda devido ao consumo de corpos mulatos, tráfico de armas e cocaína. Todos os seiscentos morros foram apropriados por favelas, e centenas de milhares de pessoas sem teto estão espalhadas pelas ruas como pregos enferrujados. Um lugar de assassinatos por atacado; execuções imprudentes e meningites, epidemia de aids; a Igreja da Candelária, com seu jardim onde crianças de rua se defrontam com troca de tiros entre gangues e policiais; gangues com metralhadoras saqueando as praias; "justiceiros" que não sabem matemática o suficiente para manter um cálculo das pessoas que mataram... Organizações bem-intencionadas, generosas e crédulas tentando proteger (de quem?) um povo subnutrido, explorado até a medula de seus ossos... Com uma piscadinha diabólica, o Rio ri de todos eles. A cidade sabe que eles irão ceder rapidamente, que, uma vez que suas consciências forem aliviadas uma ou duas vezes, eles retornarão ao infinitamente chato Primeiro Mundo que, trabalhando com a eficiência de uma rotina controlada, é tão consistente em racionar a dor como é em distribuir o prazer. Cheio de picadas de mosquito, parasitas intestinais e lembranças de soluções rápidas, convenientes, aventuras higiênicas... Aqueles que ainda não se sentem saciados são observados com grande diversão quando, esgotados, fogem para a Nicarágua ou para as legiões Zapatistas. O Rio, este trapaceiro esquivo, frívolo e paquerador!

    A magnífica fotografia carioca e seu lado negativo são um par de máscaras, nada mais; apenas duas das muitas e variadas fantasias com que a cidade, berço da tradição carnavalesca, há centenas de anos se enfeita. O Rio que irei contar aqui, no entanto, é um labirinto estabelecido em mais de duas dimensões, ou, para ser mais exata, uma série de labirintos interligados nos planos do tempo e do espaço. Cheio de becos sem saída, pontos cegos, quartos escondidos, ecos assustadores, contorções convulsivas, previsões vagas...

Daqui a pouco você sairá pelas ruas do Rio. Esta será uma jornada ao alcance de flechas através de uma criatura que o fará sentir sua monstruosidade a cada momento; o fedor do hálito da morte constantemente em seu rosto; olhos carregados de escuridão; perversidade sempre a um passo atrás... Como se você estivesse debruçado sobre um poço e de repente percebesse que a criatura o persegue... Você encontrará o corpo humano como um presente ilícito destinado a agradar, colocado sobre o miserável trono do reino do desejo. A idiotice, a beleza incomparável e o fogo inextinguível da carne; uma vida leve, volátil, inconstante, e uma morte em cada esquina...

Foi há dois anos. Em uma festa de feriado nos guetos, vi uma mulher envolta em pedaços de panos, com as pernas e o traseiro completamente expostos. (Levei vários minutos para descobrir seu sexo.) Ela parecia alguém que foi resgatada tarde demais de um campo de concentração e estava destinada a perecer em questão de dias. Poderia estar em seus vinte anos, ou tão bem em seus setenta. Não tinha a maioria dos dentes, e os cotovelos se projeta-

vam através de sua pele. Ela estava sambando. Em êxtase de prazer, gargalhando... Seu rosto iluminado com aquela alegria inocente e pura vista apenas nos rostos das crianças... E então... É apenas quando você olha para os olhos vagos, nebulosos e vazios de uma mulher à beira da morte e encontra a felicidade, a verdadeira felicidade, que você terá mergulhado nos labirintos do Rio. Daqui em diante, em troca do que você vê, você pagará na mesma moeda com sua vida. Assim como eu fiz.

E agora o que você — e eu — precisamos é de um pouco de coragem. Tanto, talvez, quanto você precise antes de mergulhar em águas escuras, ou colocar suas cartas em um jogo de pôquer. Não se esqueça! É o Rio de Janeiro que você está enfrentando. Uma cidade que cresceu tão adepta ao jogo de coincidências infinitas, onde, em comparação, até o diabo é considerado um mero amador. No momento em que ela faz você acreditar que está blefando, ela saca o ás de ouros.

Agora feche os olhos. Vou contar silenciosamente até dez. Quando eu disser dez, você estará no Rio. Lamentavelmente, eu não vou lhe dizer quando você deve abrir os olhos.

FOGOS DE ARTIFÍCIO

Viajante, quem é você?
O que é que você busca por aqui?

— Nietzsche em *Assim Falou Zaratustra*

Ela finalmente conseguiu se tornar uma verdadeira vagabunda, tendo subido e desaparecido nesta cidade sul-americana, famosa por seus assassinatos de crianças de rua e seu Carnaval. Na verdade, acabou sendo uma entre os milhões de vagabundos deste planeta, uma das almas perdidas deixadas à mercê do destino com punho de ferro. Uma garota de uma boa família, amante de aventuras, que uma vez foi pequena, delicada e assustada, agora é uma vigarista consumada. Ela não se apaixona mais por contos de fadas, pode andar pelas ruas sozinha à noite e não se gaba das surras que leva. Aqui, nesta cidade viciosa, esparramada no chão como se seus intestinos tivessem sido despedaçados, nem mesmo no pensamento da morte ela encontra consolo.

Ela cruzou oceanos, atravessou o Equador e pisou em um pedaço de terra sobre o qual não sabia absolutamente nada. Jogou nas chamas tudo o que deixou para trás. E o que a confrontou em sua chegada foi um universo contaminado e degradado até o âmago. Os velhos costumes do Velho Mundo não se aplicavam mais. Os *julgamentos de valor eram agora como a bagagem pesada e inútil que ela trouxera da Turquia, com fundo gasto e desalinhado, alça prestes a se soltar, deixada para apodrecer na umidade dos trópicos. Abandonada até o momento do retorno que se mantém continuamente adiado.*

Quando a garota que desafiava a vida escolheu a cidade "mais perigosa do mundo", sua única intenção era olhar para as profundezas da humanidade. Mas olhar de uma distância segura... Em vez disso, seu cabelo pegou fogo neste inferno que ela enfrentou por vontade própria. O Rio de Janeiro lançou sobre ela sua estupenda anarquia, seus dias de calor branco, suas noites cheias de promessas, ameaças, carícias, assassinatos... Sua vontade, agora livre de sua força muscular, sua individualidade pendurada em frangalhos. Um exército que foi derrotado e que abandonou seus feridos...

O som de tiros recomeçou de uma vez; uma Özgür assustada pulou, e o copo em sua mão esquerda caiu no chão. Seu corpo inteiro ficou tenso e começou a tremer, como se ela tivesse levado um choque elétrico. O suor jorrava de cada poro de seu corpo, porém, ao mesmo tempo, ela estava congelando. Lágrimas cáusticas brotaram em seus olhos, mas não conseguiram fluir. "Já deu! Já deu! Não aguento mais! Meu Deus, acabe com essa tortura, agora! Você não vê que eu não tenho mais forças?"

Seu ataque nervoso durou apenas dois ou três minutos antes que ela se recompusesse. Com a atenção de uma especialista, ela escutou o monólogo da semiautomática e decidiu entrar, assim que percebeu que os tiros não vinham das favelas, mas do vale ao lado. Aliviou-se ao ver que nenhum copo estava rachado e que nem uma única gota de chá havia caído em seus cadernos. Quando ela percebeu que os dedos suados de sua mão direita estavam firmemente agarrados à caneta durante todo o ataque, sorriu.

As duas imensas favelas localizadas no Morro de Santa Teresa, na ladeira que desce para a selva, estavam em guerra há oito dias. Desde o período da junta, cerca de seiscentas favelas, que transformaram o rosto extraordinariamente belo do Rio em uma enorme marca de varíola, estavam sob o controle do Comando Vermelho, uma das organizações criminosas mais poderosas da América Latina. Todos os dias eram cheios de conflitos; gangues concorrentes se dilaceravam pela divisão de ações de cocaína, ou a polícia, insatisfeita com suas propinas, fazia batidas em unidades de cinquenta, armadas até os dentes.

Quem diria que a pior guerra que Özgür veria durante seus dois anos no Rio aconteceria em Santa Teresa. Desde o último sábado, o som de canhões de infantaria, metralhadoras e granadas de mão marcavam o amanhecer e continuavam durante todo o dia. Duas noites atrás, ela estava em Santa Teresa, famosa por seus bares, e enquanto perambulava por suas ruas mortalmente silenciosas, ladeadas por lâmpadas extintas, Özgür viu meia dúzia de ônibus — seus faróis apagados, abarrotados de soldados, longos barris pendurados nas janelas — silenciosamente subindo a colina. Mas, em vez de pôr fim ao conflito, a intervenção do Exército o deixou fora de controle.

Até o dia anterior, ela havia considerado o som dos tiros como apenas mais um barulho entre muitos na agitação incessante do Rio, apenas mais um defeito que a impedia de se concentrar em seu romance, ou então era assim que pensava que considerava. Até que os ataques nervosos começaram...

Ela estava tentando determinar exatamente como este período sem retorno havia começado. Se pudesse apenas traçar as fronteiras e estabelecer seus limites, talvez pudesse, pelo menos, controlá-lo em sua mente. Se tivesse que escolher um ponto zero, escolheria o dia em que encontrou a mulata em Copacabana. O último dia da Páscoa, quando todos os relógios do Rio pararam, quando o calor de repente subiu para mais de quarenta graus, quando a cidade começou a tremer como se estivesse tomada pela febre da selva...

Era domingo. Apenas um domingo comum... outro dia exatamente igual aos anteriores, dias que passavam rapidamente, desprovidos de esperança, expectativa ou sentido, cheios de nada, somente de um vazio insípido... Dia dos Fogos de Artifício...

    Embora fosse a primeira semana de dezembro, o calor horrível do Rio de Janeiro havia varrido a cidade onda após onda como a maré subindo. E assim continuaria por semanas, meses, uma temperatura que nunca saía dos quarenta graus, como se os termômetros espalhados pela cidade estivessem medindo a temperatura debaixo do braço de um paciente de febre amarela: 42; 41,5; 43; 43,6; 42,4... No Rio, isolado dos ventos oceânicos por enseadas recortadas e montanhas escarpadas, nem uma folha se move durante os meses da chamada "estação seca", nem seu radiante céu azul índigo é manchado por uma única nuvem. O calor desce sobre você como uma loucura, envolve sua garganta, sufoca. A cidade torna-se uma enorme fornalha assando lentamente corpos humanos vivos. O sol tira a máscara de rainha benevolente que usou durante todo o ano e se comporta como um ditador consumido pelo desejo de matar. O ar absorve toda a umidade que pode e engrossa até a consistência da água. Aquela famosa umidade dos trópicos...

    Agora, em vez de um salgadinho, os meninos de rua imploram por uma Coca-Cola. E, assim, eles morrerão de disenteria, cólera ou desidratação total. Todos os chafarizes da cidade secam, e os corpos dos sem-teto exalam um fedor ainda mais fétido, e porque os banheiros ao ar livre nas calçadas em que moram deixam de ser limpos pelas chuvas, o cheiro de fezes, urina e podridão permeia as ruas. Os vendedores embalam os bombons, seus cajus cobertos de chocolate, seus pãezinhos de banana e os substituem por bebidas geladas e suco de coco fresco. "Gelada, gelada..." As pessoas da cidade estão esgotadas de suas forças; os passos, as conversas, até a respiração, diminuem à medida em que a vida luta para seguir seu curso, cambaleando como um rio que começa a secar. Conversas de passagem, nos elevadores, nas salas de espera, nos ônibus, todas começam com a mesma frase: Que calor! Dos cartazes publicitários coloridos espalhados por todo o Rio, garotas de aparência escandinava, com neve na altura do joelho, sorrisos louros e infantis. Assim como os beduínos têm uma paixão por verde, no coração das pessoas do Rio mora uma paixão pela neve.

No primeiro domingo de dezembro, o povo da cidade já havia fugido para as praias ou para as vilas nas montanhas. O tempo estava quase parado. As horas lentamente perdiam o controle, pingando como gotas de suor. No vale de Santa Teresa, que de outra forma se retirara para uma profunda sesta, as gangues trocavam tiros com selvageria.

A casa de Özgür consistia em uma longa e estreita sala de estar, uma cozinha que ela chamava de "cela do caixão" e um banheiro cheio de sanguessugas que ela simplesmente não conseguia matar porque a deixava enjoada. Era um dos seis apartamentos-estúdio da pomposamente chamada "Vila Branca", com colunas pretensiosas e tudo mais. A ladeira que dava para o vale de Santa Teresa era tão íngreme que, enquanto a varanda da frente ficava pelo menos três metros acima do solo, as janelas dos fundos ficavam no nível do solo e davam para uma selva cheia de mato e arbustos espinhosos. Formigas carnívoras, lagartos, gafanhotos, baratas aladas do tamanho de uma mão, e às vezes até gatos selvagens famintos entravam de repente pelas janelas, que ela tinha que manter abertas dia e noite por causa do calor. Uma vez, ela mesma pulou pela janela e tentou atravessar a selva, mas suas mãos e rosto estavam cobertos de cortes e arranhões antes mesmo de dar dois passos. Embora soubesse que nenhum animal maior que um gato poderia passar por cima daqueles arbustos, os ruídos noturnos vindos do jardim a assustavam. Ela não tinha dinheiro para comprar um ventilador. Embora repugnantemente rico, seu avarento e trapaceiro proprietário, o professor Botelho, havia privado seus inquilinos de ar-condicionado, que era tão vital aqui quanto o aquecimento central em Estocolmo. Ele era o principal conselheiro do prefeito de direita; um "lorde" com sua educação intelectual e raízes europeias inalteradas sobre os outros, e fazia grandes esforços para assumir um ar nobre e os maneirismos de elite condizentes com a dignidade de seus antepassados. Além disso, ele era obcecado por limpeza; ele adorava regras, ordem, *design*. Ele havia adornado a lateral do prédio que dava para o jardim com deuses gregos de mármore liso, lâmpadas que cheiravam a Paris e uma escada elegante que deslizava pelas bananeiras e mangueiras. Os móveis do apartamento eram mais uma expressão concreta de sua personalidade dourada. Na sala de estar de Özgür estavam amontoados uma cama enorme e feia, dura como concreto, estantes de alumínio, um sofá-cama de couro falso que parecia ter sido furtado da prefeitura e, no meio de todo esse lixo, havia sido colocada uma pesada mesa de mogno decorada, junto com oito cadeiras que ocupavam um espaço excessivo. E havia a rede, o objeto necessário das casas cariocas, que havia sido pendurada na sacada; fileiras de conchas penduradas na porta tintinavam ao toque da mais leve brisa trazendo sorte. Nas paredes cinzentas, que lembram corredores de hospitais ou tribunais, estava pendurado um pôster em preto e branco que o Prof. Botelho havia trazido do Museu Metropolitano de Nova York, meticulosamente enquadrado. Uma foto em *close-up* dos lábios entreabertos levemente oleosos de um casal se beijando... No início, ela havia achado o maçante e nebuloso erotismo virtual algo excitante. Especialmente naquelas noites em que, na atmosfera sufocante e de alta pressão da casa, ela percebia que sua solidão era um ser fora de si, um ser pesado como mercúrio, crescendo como espuma, bolha por bolha, girando fora de controle, aproximando-se do ponto de explosão... Naquelas noites, ela queria pressionar os lábios contra os do homem enfeitado com gravata na fotografia. Mas não para beijar, não, e sim como um pintinho faminto estendendo o bico para a mãe.

    Aqui estou nesta terra quase selvagem, completamente sozinha, com um sentimento desconhecido de ser tanto livre quanto presa crescendo dentro de mim. (Solitária, sozinha, abandonada, vagabunda, órfã... Posso enumerar vários adjetivos, mas não consigo construir uma ponte entre as palavras e a realidade.) A liberdade absoluta, impecável, infernal de não ter uma única pessoa que precise de mim, ou qualquer um cuidando de mim... Posso brandir as mentiras de minha escolha, fabricar o passado pelo qual anseio, perseguir a mais pecaminosa das fantasias. Depois de garantir uma fuga pela porta dos fundos, sou capaz de cometer o mais abominável dos crimes. Eu li em um livro uma vez que se você abrir a porta da gaiola de um canário, ele, instantaneamente, corre para a janela. No entanto, quando a janela também é aberta, o canário faz o que é — segundo a autora — a escolha mais sábia: retorna à sua gaiola e, assim, escapa da morte certa.

    Às vezes persigo uma memória fraturada para o outro lado do Atlântico. Os contornos do passado se desvanecem e desaparecem na luz crua dos trópicos. O oceano, aquele oceano petulante, tempestuoso, imortal, venceu todos os meus mares. Os gritos dos papagaios agora oferecem mais evocações do que o som das gaivotas.

Trocar o chá de infusão pelo café filtrado, lutar com as ondas do Atlântico em vez de me lançar nas águas de um mar calmo e humilde do interior, sonhar em uma língua latina... São mudanças que eu poderia superar, mas também houve perdas que nunca poderiam ser substituídas. Não estou me referindo a caprichos como queijo branco, chá de sálvia ou o Bósforo. Meus anseios são muito mais simples do que isso. Por exemplo, cerejas cornelianas... Às vezes me deito na cama e imagino uma tigela de cerejas cornelianas vermelhas escuras cobertas por uma fina camada de gelo. Uma espécie de fantasia erótica. Tão simples, descomplicada, crua. Sinto falta da mudança das estações. Como as folhas se enfeitam primeiro com listras vermelhas e depois explodem em chamas antes de assar lentamente no calor de um fogo interno... Como uma manhã elas de repente caem débeis e flutuam no chão... Andar sem uma única preocupação em relação ao meu destino, com os lábios roxos e o vento nordeste batendo no meu rosto... Aquele incomparável primeiro gole de chá amargo quando o frio se torna insuportável. No calor deste fevereiro infernal, eu até sinto falta da neve que eu sempre detestei. As florestas de faias nevadas, tundras, estepes que eu nunca vi... O termômetro não sai da casa dos quarenta em seis semanas e o ar cheira a jaquetas de couro. E depois... sinto falta de andar como quero, sem esconder o relógio na bolsa, sem me agarrar à bolsa e vigiar constan-

temente minhas costas, sem temer um revólver que pudesse encostar na minha testa a qualquer momento... Sono eviscerado pelo som dos tiros... Meus olhos estão sempre bem abertos, estou sempre alerta, fumo um cigarro atrás do outro, mas não importa o que eu faça, não consigo parar o tremor constante dos meus lábios.

Mas, por tudo isso, também obtive alguns ganhos. Eu não preciso, por exemplo, portar identidade, os bares a que vou ficam abertos até de manhã, ninguém percebe que não uso sutiã; na verdade, também não uso calcinha nos dias em que está mais de quarenta graus. Tenho saias plissadas que montam minha bunda, shorts justos e tangas, e gosto de observar meu corpo em sua feminilidade tardiamente adquirida. Deleito-me com a sensação do meu cabelo, que não é tocado por uma tesoura há um ano, correndo pelas minhas costas como potros selvagens. (Se esta cidade não fosse tão sem vento, se eu pudesse me livrar, por um momento, da minha ansiedade pela perspectiva de ser desonesta, então eu teria escrito sobre quanto eu gostava de sentir meu cabelo "sendo despenteado pelo vento". Mas o Rio não tem vento... Não respira, ou seja, não tem espírito.) Posso dançar em restaurantes, bares, calçadas, fumar em ônibus e dormir com quem eu quiser. Aqui eu tenho permissão para satisfazer o mais vulgar dos meus desejos para o conteúdo do meu coração. Eu poderia até contratar um assassino, se eu conseguisse quatrocentos dólares. Ou será *que eu sinto falta daquelas mós do Velho Mundo, mós que são parte integrante, talvez o próprio contraforte, de mim mesma?*

Voe de volta para sua gaiola, pequeno canário, volte para sua gaiola! Enquanto você ainda tem tempo... Pois aquela janela aberta é o seu abismo!

Ela encontrou esse texto enquanto olhava alguns cadernos antigos, guardados entre as anotações sobre topologia e conjugações verbais em português. Deve ter escrito esta passagem durante sua primeira estação seca nos trópicos. Ela gostava daquela espécie de inocência, que já havia perdido há muito tempo, desta ingenuidade infantil escondida sob o choramingar. "Nunca consegui superar minha solidão", pensou. "Mas parece que eu cresci com isso — cresci o suficiente para que eu possa me rodear dela. É como um feto dentro de mim agora, como uma medalha que uso no peito."

Ela estava sentada à mesa diante de seu caderno, à sua frente um copo de cerveja cheio de chá brasileiro que, por mais tempo que se deixasse fermentar, nunca ficava mais escuro que a cor da palha; perdida em pensamentos, mastigava a caneta que se tornara uma extensão de seu próprio corpo, uma terceira mão protética. Ela sentiu o calor abafado do quarto trabalhar lentamente em seu corpo, desvendando e difundindo. Sua respiração tornou-se irregular, seus pensamentos caóticos, como morcegos cegos. Uma nova onda de suor cobria seu corpo a cada gole que tomava. Podia sentir o cheiro acre de suas axilas, as tiras irritantes do vestido grudadas em seu corpo, o gosto de tabaco barato em sua boca... "Ponto Zero" definitivamente tinha que ser escrito antes que o dia terminasse.

Neste momento ela percebeu que o tiroteio no vale havia cessado e sido substituído pelo *rap* favorito das favelas explodindo de uma caixa de som. "Ele era um bandido, mas era um bom rapaz..." Ela ficou espantada ao descobrir que a música, uma maravilha de superficialidade, penetrou em seu coração, e que seu pretérito em particular lhe causou grande dor. Lamentou a morte deste bandido que ela não conhecia. A voz do negro cantando a canção era profunda e triste, e cheirava a pólvora... Surgiu da terra das semiautomáticas onde as mortes são um centavo a dúzia, e Özgür sabia muito bem que o cantor, como seu próprio amigo, era um dos mocinhos, os bandidos, que não tinham muito tempo de vida. Uma lembrança dos muitos sarcófagos da memória... Outra música... Outra música de partir o coração... Ela começou a virar as páginas de *A cidade vestida de sangue*.

PRIMEIRO DIA NO RIO

O Rio a acolheu com neblina e um céu cinza chumbo, o que imediatamente a jogou para um loop, pois havia partido em sua jornada cheia de sonhos tropicais. Ela se jogou em um táxi, cambaleando no limite, exausta depois de dezoito horas de voo sem dormir, e escutou desinteressadamente o motorista. Como um papagaio, o homem repetia várias vezes em um inglês terrível: "O Rio é o lugar mais bonito, o lugar mais bonito." Ela tinha acabado de acender um cigarro quando chegaram às favelas. Milhares, não, dezenas de milhares de casas decrépitas empilhadas umas sobre as outras, estendendo-se por quilômetros, até o centro do Rio. Cabanas sem teto, barracos de tijolo, papelão, lata, labirintos afundados até os joelhos em um mar de lama...

Não demorou muito para que o Rio lhe desse sua primeira lição; não mais do que levou para fumar seu primeiro cigarro. A terra em que ela nasceu e cresceu a protegeu de cair de um dos penhascos da vida, nas profundezas medonhas da miséria a que a humanidade às vezes desce. Era algo além de qualquer coisa que ela poderia ter imaginado. Uma forte sensação de mau presságio sussurrou que ela estava em um trem que saiu dos trilhos e avançava a toda velocidade, que esta cidade que se alimentava de sofrimento humano seria o seu fim. No entanto, rapidamente chegaram ao centro, seguidos pelo "lugar mais bonito do mundo", Copacabana, e foi então que o Rio de Janeiro a levou cativa, com suas enseadas de beleza estonteante, suas falésias selvagens e sua folia tropical. Ela esqueceu tudo sobre as favelas. Em um piscar de olhos, assim — e assim como os cidadãos de classe média do Rio também fizeram.

Foi ao único endereço que conhecia no Brasil, o apartamento de seu professor. Eles a deixaram saber imediatamente que ela não era esperada; nem lhe deram um quarto. Horas depois, ficaram com pena da estrangeira pálida que adormecera em uma cadeira e lhe disseram que, por enquanto, poderia dormir no sombrio quarto de empregada que dava para o pátio.

Estava escuro quando o som dos tambores a acordou. Ela não conseguia descobrir onde estava. Em Istambul ou no avião? O som de uma dúzia de tambores tocando um ritmo tão jubiloso, tão inigualável, tão extraordinário que trazia lágrimas aos olhos... Uma voz masculina penetrante e melancólica irrompeu na canção. A voz devia pertencer a um negro, e devia vir da periferia da cidade. Parecia estar familiarizado com todas as sarjetas, os pântanos, os estalos do chicote que a vida serve. E foi aí que ela percebeu — estava nos trópicos. Ela estava à beira de um oceano, no limiar de uma vida completamente diferente. Estava no Rio de Janeiro. Ela imediatamente quis pegar o primeiro avião de volta para casa. Mas essa voz! Sentiu um forte desejo de correr descalça para o futuro; um de-

sejo de desembainhar sua espada e correr seu cavalo a todo galope, direto para a formidável linha de batalha da vida... Isso, ela pensou, era provavelmente o que eles queriam dizer com "joie de vivre".

Ela bebeu os últimos restos de seu chá como uma verdadeira bávara. Sua sede não havia diminuído. Nos dias em que a temperatura subia acima de trinta e sete, não importava quanto líquido bebesse, sua língua permanecia como uma lixa. Era como se tudo o que bebia fosse direto para o estômago, sem sequer molhar a garganta. Ela nunca tinha experimentado tanta sede, uma sede que era exclusiva dos trópicos. "Este chá simplesmente não está fazendo o truque", resmungou. "Eu preciso de algo frio; melancia, ou um refrigerante de guaraná."

Ela sabia perfeitamente bem que o chá quente era um alívio melhor neste calor do que um refrigerante gelado. Aprendera da maneira mais difícil quais regras se devem seguir para passar a estação seca, como beber meio litro de água a cada meia hora. Delicado e caprichoso, seu corpo malcriado não convinha à sua alma intrépida. Seu sangue caucasiano, com uma ou duas gotas de água mediterrânea misturada, dera-lhe uma pele branca fantasmagórica, que gemia amargamente sob o sol cruel do Rio, uma pele quase translúcida, do tipo que os negros chamavam de "cor de jornal". A asma a atacava constantemente nas ruas banhadas de poeira, e por causa de alergias causadas por vermes, ela se coçava dia e noite, como se milhares de formigas estivessem invadindo seu corpo. Seu estômago não aguentava as frutas tropicais ácidas ou a comida brasileira oleosa. E o que é pior, ela realmente se libertou, fazendo ouvidos moucos a todos os avisos, comendo e bebendo em barracas de comida que cheiravam a urina em bairros onde todos os tipos de epidemias, de meningite a aids, corriam soltas, e então acabou se infectando por amebas e sendo invadida por parasitas intestinais mais de uma vez.

Sua cozinha estava ocupada por moscas-das-frutas e formigas já há um tempo; latas de milho com um líquido desagradável escorrendo delas estavam espalhadas à direita e à esquerda. Ela abriu a geladeira, mais para se refrescar do que para ver o que havia dentro. Não havia nada além de café, um pedaço de queijo Minas — um parente sul-americano distante do queijo branco turco — que começava a amarelar e dois limões já em fase de decomposição. Ela não fazia compras há provavelmente dez dias, pelo menos. Ligou o filtro entupido de lama que havia sido deixado para trás pelo morador anterior, empunhando desajeitadamente um martelo e começou a quebrar pedaços de gelo do *freezer*. Ao bater no gelo, toda suada, ela ficou com raiva de si mesma mais uma vez por não ter comprado uma bandeja de gelo ou um filtro desde que estava lá, xingando sua atitude incorrigível de "não estou nem aí". Colocou muito gelo e um pouco de adoçante em um copo de limonada e se virou para ir para a sala de estar com sua bebida, o que não foi recompensa suficiente para seus esforços. Ela estava coberta de suor e já havia perdido mais líquido ao adquirir sua bebida do que a própria bebida continha. Então acendeu um cigarro e se jogou em seu sofá de couro falso.

    O estouro de metralhadoras havia cessado e o ritmo sincopado de uma pistola indolente tomou seu lugar. Três ou quatro tiros, silêncio, mais três ou quatro... Tiros de um pistoleiro cansado sem intenção de matar, apenas incapaz de suportar o silêncio. Os conflitos no Rio não eram nada parecidos com os que ela vira nos filmes. Não choviam profusamente balas dos bandidos, como os gângsteres implacáveis, ousados e sobre-humanos de Hollywood; eles eram frugais, eles tomavam seu tempo. Um dia, durante seu segundo mês no Rio, ela estava sentada em frente a um teatro fingindo ouvir a conversa dos atores de rua quando de repente se viu no meio de um fogo cruzado, espremida entre alguns ladrões de carros loucamente arrojados e a polícia em perseguição. Os cariocas, experientes, imediatamente se jogaram no chão. Enquanto isso, Özgür ficou de pé, cigarro em uma mão e refrigerante de guaraná na outra, e, com a curiosidade de uma criança ao ver uma piranha pela primeira vez, olhou para o ladrão, que estava pendurado na janela da frente do carro roubado, metade do corpo para fora, atirando sem parar. Ela esperava que seus olhos fossem enormes, cobrindo quase todo o rosto e cheios de pavor como os de um animal de caça. Mas seu rosto não expressava nem mesmo uma pitada de medo. Na verdade, seu rosto não expressava nada. Como uma flecha lançada do arco, o homem se concentrou intensamente em uma coisa: acertar o olho do boi. As únicas coisas que ele tinha para impedir que a morte lhe alcançasse eram uma arma e dedos firmes. E talvez o amuleto que ele nunca deixava de levar para o trabalho de manhã... À medida que a situação se intensificava, seu medo da morte desaparecia; assim como a infelicidade. Roberto agarrou Özgür pela cintura, puxando-a para o chão e salvando sua vida.

Ela pegou uma cópia de *O Globo*, o qual, incluindo as edições de domingo, acumulava mais de cem páginas, esperando encontrar algo que ainda não havia lido. Coluna após coluna sobre a vida de famosos; amor e romance, fofoca, futebol, artigos de política descrentes, testes frívolos de personalidade e astrologia... Anúncio de prostitutas... Panteras mulatas de "estilo europeu", loiras de olhos azuis, Amazonas de chicotes... Uma gravura do Rio em cores fortes e perspectiva distorcida, causando um caos total... A cidade normalmente solicitava uma terceira página, já que os vinte assassinatos que — segundo estatísticas do governo — ocorriam a cada dia não cabiam nas duas páginas já consagradas para "Violência". Özgür vasculhava essas notícias, tomando notas com a paixão meticulosa por fatos simples de um estatístico. Jornalistas que tiveram suas línguas cortadas e suas orelhas arrancadas, donas de casa que foram crivadas de balas porque ousaram segurar suas bolsas, crianças de rua castradas e depois assassinadas pela polícia... As histórias arrepiantes, embaladas em apenas três ou quatro frases, comoveram-na profundamente. Ela se identificou tanto com as vítimas de assassinato quanto com os bandidos que foram capturados pela polícia. Sentiu que, lá no fundo, ela extraía uma espécie de prazer pervertido e altamente criminoso de tudo isso. No Rio, provou o erótico no sangue humano. Além do mais, havia algum tipo de alívio em conhecer as terríveis dimensões do poço de areia movediça em que ela afundou. A morte, quando reduzida a números, deixava de ser tragédia pessoal.

Maria de Penha (41): Apanhada em meio a um conflito armado no ônibus; enquanto o resto dos passageiros se jogou no chão, ela foi esmagada até a morte na catraca.

Outra Maria (13): Ela faltou à escola e foi para a praia, onde foi atingida na cabeça por uma bala perdida; a autópsia revelou que a menina estava grávida. Tanto seu assassino quanto o pai de seu bebê permanecem desconhecidos.

Entrevista com o menino de rua João (9):
— Seu livro favorito?
— Meu livro de leitura da primeira série. Nunca li outros livros.

— Pessoas que você admira?
— Pelé, Romário, Ayrton Senna.
— Sua melhor característica?
— Eu protejo as meninas que vivem nas ruas. Eu não bato nelas.
— Sua pior característica?
— ... (Pausa)... Acho que... roubo.
— Quem você quer ser quando crescer?
— Eu nunca conheci ninguém... bom o suficiente para admirar.

O boletim meteorológico dizia que faria trinta e sete graus, ensolarado com céu claro no Rio. Enquanto isso, em Istambul, seriam dois graus com nevasca. "Se eu estivesse lá, estaria querendo algum *salep*", pensou Özgür. Ela tinha acabado de terminar sua limonada, mas o gosto enferrujado em sua boca permaneceu.

No final de novembro, a escola de idiomas onde lecionava inglês foi liberada para as férias de verão. Isso também pôs fim ao minúsculo senso de ordem e dever que Özgür dera aos seus dias, que de outra forma oscilavam em um vazio lotado de nada, sem alguma aparência de estrutura, assim como as bandagens que mantêm uma múmia unida. E agora ela quase nunca punha os pés fora de casa, a menos que fosse absolutamente necessário. Ela passava dois dias por semana dando aulas particulares. Desde o raiar do dia até o meio da noite, perseguia alunos que estavam constantemente fugindo das aulas, cancelando sem avisá-la com antecedência e desaparecendo; geralmente era uma luta conseguir que os devedores pagassem suas contas, e ela tinha que recorrer a métodos completamente incompatíveis com sua personalidade, desde tentativas de adulação até óbvias bajulações. No dia seguinte, acordava por volta do meio-dia, com a maior dificuldade. Depois de um sono inquieto, constantemente interrompido por pesadelos, um sono que mais parecia uma luta pela vida em um pântano borbulhante, ela se via encharcada de suor e mais exausta do que quando se deitou; as pálpebras coladas aos olhos, teimosamente recusando-se a se abrir. Ela nunca se lembrava de seus sonhos, mas sabia que todas as noites — *todas* as noites — ela chorava silenciosamente. As lágrimas que derramava eram as mais verdadeiras, as mais sinceras. Por vários minutos, seria incapaz de dizer onde estava — na verdade, quem era — e esfregava os olhos, ofuscada pelo sol penetrante do meio-dia, tentando voltar à realidade. Ou talvez ela não tentasse, pois, no final, uma realidade ainda mais horrível do que o pesadelo mais horrendo iria buscá-la cruelmente. Ela então se lembrava com certeza infalível de que estava no Rio de Janeiro, e suspirando mais fundo do que de costume, sentava-se antes de ir para a cozinha, enquanto vomitava uma litania de palavrões turcos, sua boca com gosto de cinzeiro. Após colocar o bule no fogão, ela voltou para o quarto e, como um saco de batata vazio, caiu de volta em seus lençóis úmidos, enrugados e fedorentos. Primeiro cigarro do dia... Aquele primeiro cigarro, enchendo seus pulmões com uma fumaça insidiosa e compassiva, enquanto ela se preparava para enfrentar mais um dia determinado a arrancar sua alma...

Uma caneca de cerveja cheia de chá e mais dois cigarros... Mais um pouco de chá, mais alguns cigarros... Coloque um pouco de chá fresco, abra outro maço... Com preguiça de esvaziar os dois cinzeiros cheios da noite anterior, ela jogava as cinzas dentro de uma lata vazia que sobrara do jantar da noite anterior e se deitava na espreguiçadeira. Conseguindo não pensar em nada positivamente, evitando qualquer análise ou interpretação sobre si mesma, descendo uma cortina em todas as decisões que tinha de tomar, olhava para a parede, os olhos fechados para o mundo exterior. Todas as horas pertenciam a ela, mas não para serem usadas — para serem espalhadas como um cadáver no vazio eterno que elas continham. Após diversas xícaras de chá e um maço de cigarro, uma cãibra lhe entrava no estômago, e ela sentia uma pontada muito parecida com a que acompanha a sensação de fome, uma sensação da qual já mal se lembrava, e assim comia um pedaço de queijo Minas com um pouco do pão achatado que chamavam de "pão sírio" no Brasil, só para continuar fumando. Passava um dia inteiro na espreguiçadeira, como uma sentinela que em hipótese alguma deve abandonar sua posição, movendo-se apenas para mudar um pouco o peso quando a dor no cóccix se tornava insuportável, com o copo e os cigarros sempre ao alcance do braço. Se uma pessoa não tem força para fazer mais nada; se ela não consegue nem tirar os olhos de uma parede cega e pegar um livro; se ela não pode se virar para olhar as bananeiras ou a selva selvagem no vale de Santa Teresa; se ela não está em condições de sorrir para sua memória de infância mais inocente e fofa ou ficar sentimental ao pôr do sol, então preparar chá e fumar cigarros são atividades vitais. A lagartixa com a qual Özgür dividia sua casa ficava imóvel sobre a fotografia de "Lábios Beijando" o dia todo; como se estivesse perdida em pensamentos profundos e com olhos compreensivos, encararia Özgür por longos momentos, uma enorme criatura tão silenciosa e inanimada quanto ela. Era como se as duas tivessem acabado de desmaiar em sua parada final nesta terra, doentes e cansadas do vazio, da banalidade do mundo, sem esperança, indiferentes e totalmente exaustas.

    Foi só ao anoitecer, quando a televisão barulhenta dos vizinhos enchia seu cemitério com gritos e risos falsos, que ela conseguiu se recompor. Comeu uma lata de milho e se sentou na frente de seu romance. A noite progrediu; Adelino no apartamento quatro abraçava seu saxofone, o sonho sem esperança que aspirava há anos; os cães de Santa Teresa começaram a uivar; os sons do pagode e os tiros começaram a ressoar das favelas; o papagaio de João no apartamento seis xingou e xingou, indignado com a cacofonia.

Finalmente, o barulho de sexo vindo do andar logo acima do dela abafou todos os outros. As risadas, gemidos e agitações das mulheres chamadas Rosanna, Lucy, Katja e Thais enquanto se revezavam — o homem era sempre o mesmo, Marcello — a envolveram. Apesar das exibições desses casais que, como todos os casais semelhantes do Rio, estão decididos a provar a todas as almas mortais que o sexo é o prazer mais glorioso que se pode ter, o AMOR não teve lugar nas suas páginas, nem se infiltrou em sua forma mais simbólica. Sempre havia MORTE nos pedaços de papel branco cheios de letras espalhadas, de rabiscos, de flechas disparando para a direita e para a esquerda. Uma morte, constantemente erguendo a cabeça, se debatendo em um esforço para se endireitar, lutando com todas as suas forças para rasgar a teia de tinta azul acima dela... Entre esses círculos e linhas chamado de alfabeto latino, as palavras tomavam vida, emergiam de seu universo plano, nivelado, alisado e apoderavam-se de outra dimensão.

"Como explicar o Rio de Janeiro?", murmurou para si mesma. "Qual história de Maria devo escolher?" Esta cidade oferecia espetáculos demais, contradições demais, tragédias demais. Ela estava constantemente se deparando com aberrações, feridas de tortura, cadáveres e sexo... A magnífica praia de Ipanema ladeada pelos apartamentos "mais caros do mundo", e, logo atrás dela, a Rocinha de trezentas mil pessoas, a maior favela do mundo, assemelhando-se às costas corcundas de um aleijado tentando se endireitar... Escrever significava antes de tudo colocar as coisas em ordem, e o Rio, se fosse para ser definido em apenas uma palavra, seria CAOS. Tentar capturá-lo era como rastrear um pássaro extremamente astuto e predador em uma floresta tropical cheia de espinhos venenosos, crocodilos e anacondas. Que palavras — palavras de *quem*? — ela poderia usar para descrever a fome para uma pessoa sofisticada e educada que nunca havia experimentado fome e que estaria afundando em uma cadeira confortável e fazendo a ocupação menos arriscada do mundo — ler?

Ela pensou nos estrangeiros jogados em águas tropicais pelas correntes do norte, apanhados na rede do Rio — uma cidade que havia devorado todas as presas que pousavam em seu colo, espremendo-as facilmente a uma polpa. Nomes europeus inscritos em sua memória, ecoando toda a dor da migração: Ronaldo, Mara, Lothar, Katja... Eles cuidavam de suas feridas em climas frios, desconhecendo os papéis, grandes e pequenos, que haviam ganhado no romance de Özgür. Ronaldo, o dramaturgo que marcava cada dia a mais que tinha que passar no Rio como um condenado à espera de libertação... Porque era um budista devoto e um verdadeiro assexuado, e porque nunca ia a festas e desprezava beber, dançar, e o barulho, nos círculos de teatro ele era considerado um louco delirante. Antes dos primeiros dois meses, ele se trancou em seu quarto vazio cheio de incenso e procurou terapia na forma de meditação. "A superficialidade está em estado de epidemia em todo o mundo, mas nesta cidade é uma religião", costumava dizer. Com desespero quase idêntico, Mara também chegou quase à mesma conclusão: "Encontrei superficialidade em todos os lugares em que pus os pés no mundo, mas aqui, tornou-se uma forma de arte." Mara era antropóloga. Ela passou cinco anos perambulando pela América Central, lutou na Nicarágua e viveu com tribos selvagens na selva. O Rio tinha conseguido acabar até com essa orgulhosa e reservada acadêmica, esta mulher dura, obstinada e sem barreiras. Depois de uma aventura amorosa que a levou à beira do suicídio, ela abandonou seu estudo, intitulado algo parecido com "Mulheres mulatas nas favelas no Brasil e sua relação com seus próprios corpos", no meio do caminho e voltou para os sombrios céus cinzentos de sua terra natal, Londres, agora completamente em dúvida de seus valores. Pobre Mara! Ela havia sido nocauteada em uma arena cruelmente real, muito mais real do que qualquer tese, análise ou instituição — a arena do corpo. Outro guerreiro nicaraguense desgastado chamado Lothar se referiu à sua vida pré-Rio como sua "Era da Inocência". A licenciosidade tinha inchado seu ego à beira da explosão. "Esta cidade suga a força de vontade de você!" ele murmurava alegremente depois de cada noite de amor. A bem-intencionada moça bonita de cidade pequena, Katja, ficou seriamente deprimida pela primeira vez em sua vida depois de ser seduzida por um homem casado que então desapareceu no ar. "Pense apenas em você", ela disse a Özgür, quando ainda era bem inocente, bem novata. "Esta cidade é letal para as mulheres estrangeiras. Aprenda a amar a si mesma, porque ninguém mais o fará." Como uma pausa na solidão sem valor, um sentimento que não poderia ser compartilhado, elas se abraçaram e se refugiaram no consolo de suas simpatias mútuas. (E isso era um analgésico muito mais potente do que o amor, especialmente o único tipo de amor que você poderia encontrar no Rio, porque esse nunca poderia ferir seu orgulho.) Todos eles fizeram um grande esforço para se adaptar a esta cidade agradável, caprichosa e indulgente; eles correram para lá e para cá, indo de um *show*, uma dança, um comício político, de uma favela e, acima de tudo, de uma promessa de amor para a próxima. Era impossível se fartar de consumir o que, na realidade, você não precisava.

O telefone tocou. Özgür se encolheu, como sempre fazia quando os tiros soavam, mas aquele foi seu único movimento. Sua abstração do mundo exterior aumentou junto com sua solidão; há muito tempo ela havia parado de correr para responder toda vez que aquela engenhoca faminta por atenção guinchava. Além disso, graças à mesquinhez incomparável do Prof. Botelho, ela tinha que dividir uma única linha com cinco inquilinos e todos os seus namorados, irmãos, primos, empregados etc. Ela olhava para o telefone que piscava constantemente, coaxando como um sapo.

Era um modelo antigo, pelo menos vinte anos, talvez até um dos primeiros modelos disponíveis no Brasil, e calculou friamente as possibilidades. Sua mãe só ligava aos domingos, dia de fogos de artifício. O que havia começado como uma chamada telefônica semanal, dois anos atrás, se tornara algo cada vez menos frequente, e conversas melancólicas e saudosas haviam se tornado caricaturas delas mesmas. Quem ligava também podia ser qualquer um dos incontáveis homens de quinze a cinquenta anos que, tendo marcado todos os nomes em seus livrinhos pretos nesta noite mais triste, decidiram tentar a sorte com a fria turca de semolina. Ela estava tão farta de ligações para jantar fora, para domingueira, bares, "um chopinho" ou motéis que quase vomitava. Na pior das hipóteses, poderia ser o proprietário ligando para "discutir a questão do aluguel atrasado", ou Lisboa. Ela conhecera este último, um advogado despreocupado de Copacabana, cerca de um ano e meio antes, quando ainda falava apenas um pouco de português, quando ele discou o número errado. Por alguma razão, ele ficou obcecado por Özgür. Ele ligava todos os domingos e continuava por pelo menos uma hora em monólogos sobre seu prudente sucesso no trabalho, suas aventuras no quarto e suas jovens amantes florescentes, ao mesmo tempo em que colocava ênfase em detalhes como a presença de quarenta e nove pessoas em sua festa de aniversário, ou como ele dormiu com cinco mulheres diferentes nas últimas três semanas, com todo o espírito de filisteu de um *nouveau riche*. Ela conhecia os cariocas bem o suficiente para saber que ele não estava mentindo. Compreendia muito bem a solidão daquele mulherengo veterano que só conseguia se abrir para uma mulher cujo rosto nunca tinha visto; uma solidão escondida por trás dos números, e que o proprietário tentava apagar em multidões de espectadores ociosos e quartos de motel alugados por hora. Ou talvez fosse Eli... Poderia realmente ser Eli quem estava ligando? Não, impossível!

Ela tomou a decisão de atender no último minuto, saindo correndo do sofá, pegando o telefone um momento antes do morador do apartamento seis.

"Quem está falando?"

"Olá. Eu-quero-falar-com-ÖZGÜR." Sua mãe pronunciava cada palavra deliberadamente em um inglês de sotaque forte, como uma âncora lendo as notícias para os surdos e mudos. Özgür sentiu uma faísca de verdadeira alegria acender dentro dela. "Oi, mãe."

"Olá, eu quero..."

"Mãe, sou eu! Você não reconhece minha voz? Por que você ligou?" Ela não falava turco há tanto tempo que estranhava sua voz em sua língua materna. Como se estivesse murmurando em seu sono. Por mais que sua mãe dissesse o contrário, ela estava convencida de que havia adquirido um leve sotaque brasileiro, e que sua dicção também estava errada.

"Isso é você? Ah, bom. Aquele homem, qual é o nome dele, Joa ou algo assim, está sempre desligando na minha cara. Lamento não ter podido ligar por um tempo. Eu tive que descer para nossa casa de verão; foi inundada. Como você está?" Por vários momentos, ela ficou sem palavras; finalmente, soltou um indiferente, "O mesmo de sempre. E como você está? O que está fazendo?".

"Estou pensando em ir a Moscou em janeiro. Os passeios ficaram muito baratos. Desculpe, não posso falar muito. A conta de telefone no mês passado me custou uns bons três milhões."

Özgür não respondeu. As palavras de sua mãe choveram sobre seu cérebro como balas transparentes. Uma mão de aço se enrolou em sua cabeça e a puxou com força para o chão. Aquela náusea familiar...

"Então, como vai?", sua mãe continuou, obviamente lutando para encontrar alguma pergunta a fazer. "Como você está se sentindo?"

"Horrível. Não estou comendo. Não consigo." A verdade é que Özgür esperava que sua mãe pudesse compreender a diferença vital entre essas duas últimas frases, mas ela não pôde.

"Você diminuiu o número de cigarros, espero."

"Eu não fico contando."

Um silêncio tão espinhoso quanto um porco-espinho. A mãe e a filha perceberam que o oceano Atlântico as separava. Que se falavam sem dizer nada, para não dizer nada...

"O que você está fazendo nesta cidade horrível, afinal? Por que você ainda não voltou? Quero dizer, você não está nem fazendo nada por aí, apenas vagando. Você abandonou a universidade, não tem emprego, está sempre reclamando por estar sem dinheiro. Você está arriscando sua vida por nada. Aqui você tem tudo, uma casa, um carro... Podemos ir a Moscou juntas, se você quiser."

"*Ela está tentando me subornar*", pensou Özgür. "*Ela tem medo de fazer a viagem sozinha.*"

"Estou voltando."

"Quando? Se vier antes de janeiro..."

Ela interrompeu a mãe. Agora estava falando com um dispositivo mecânico, o velho objeto de plástico surrado que segurava na palma suada.

"Eu estou voltando. Assim que acertar as contas com o Rio. Se eu fugir agora, serei sua prisioneira para sempre. Você entende, mãe?"

Silêncio...

"Esta cidade está me matando, mãe, todos os dias, todos os minutos, todas as oportunidades, em todos os sentidos, está me matando. Lentamente, insidiosamente... No fundo... Está tirando tudo o que tenho das minhas mãos. Estou cercada, assediada, por fora e por dentro. Tenho que escrever o Rio. Eu realmente não acho que posso explicar..."

"Eu não consigo te ouvir. É tão barulhento aí. Esses fogos de artifício de novo! Eu estava contando a alguns amigos sobre isso outro dia.

Sobre os *favollos* no Rio... Eles se chamam *favollos*, certo? Sobre como todos os domingos eles soltam todos aqueles fogos de artifício para que os compradores saibam que o estoque de cocaína da semana chegou... Sobre como a cidade inteira se ilumina com fogos de artifício... Ninguém acreditou em mim. Eles não conhecem o Rio, então me perguntam, ingenuamente, porque a polícia não faz nada sobre isso."

"Que FOGOS DE ARTIFÍCIO, mãe? Que FOGOS DE ARTIFÍCIO?"

Sua raiva se desencadeou, correndo a todo galope. Direto para a selva, cheia de arbustos espinhosos e intransponíveis.

"Você não ouve as metralhadoras? Não são fogos de artifício, são metralhadoras! Pelo amor de Deus, você não consegue nem distinguir o som dos tiros dos fogos de artifício?"

Quando, depois de um longo e triste suspiro, sua mãe voltou a falar, sua voz estava coberta por uma fina camada de gelo. Um vento do norte soprando de uma Istambul coberta de neve...

"O que está acontecendo aí? Mais operações militares de novo? Olha querida, você está me deixando doente de preocupação. Você apenas pegou suas coisas e foi embora, simples assim. Virou as costas para todos nós... Você está em contato com seu pai?"

"Ele não liga desde setembro."

"Ele está bravo com você por abandonar a escola. Todo aquele estudo só para você jogar tudo fora e ficar vagando por aí! Ele não entende o que você está fazendo. Mas então, ele sempre foi um idiota insensível."

"Por alguma razão, Özgür sentiu a necessidade de defender seu pai.

"Mas ele mandou uma mala cheia de roupas. E manjar turco!"

Claro, ela não disse que as roupas eram muito pesadas e conservadoras para o Rio. E não culpou o pai por não ter notado todos esses anos que ela nunca, nunca comeu manjar turco.

"Ele me enviou manjar turco: *lokum*. Lo--kum..."

Ela sentiu como se estivesse rolando um grande pedaço de *lokum* coberto de açúcar em sua boca, chupando-o suavemente. Havia algo de engraçado na forma como as letras "O", "K" e "U" se juntavam.

Ela soltou uma risadinha.

"Lo-kum. Menta, rosa, limão, pistache Antep..."

"O que você tem? Você está chorando?"

Ela mal conseguia falar.

"Não, estou rindo. É engraçado, não é? Essa palavra, lo-kum?"

Uma explosão de riso, bolhas jorrando para a superfície de uma fervura

pântano...

"Olha, seus nervos estão em frangalhos agora. E eu não gosto nem um pouco do som destes tiros."

"Ah, agora, por que você diz isso? Eu adoro. Quero dizer, o Brasil é famoso por seus confrontos armados, como a Turquia famosa por seu *lokum*. Você não liga para toda essa conversa sobre carnavais e futebol..."

Ela começou a rir novamente. Por dentro, dizia a si mesma que precisava parar com isso e recuperar a compostura. Ela estava prestes a vomitar.

"De qualquer forma, eu preciso ir agora. Precisa de alguma coisa?"

Esta era a pergunta que mais detestava. Ela quase gritou: "Sim, eu preciso de um monte de coisas!" Se pudesse parar de rir... *"Acima de tudo, alguém que me pergunte de que eu preciso."* Ela não respondeu.

"Está bem, então. Tchau..."

"Mãe, espere. Você vai ligar na próxima semana?"

"Eu duvido. Talvez quando eu voltar de Moscou. Ok, querida, eu sinto tanto a sua falta, você sabe. Tome cuidado agora."

"Mãe, espere um segundo!"

Houve um longo, muito longo silêncio.

"Sim?"

"Mãe, por favor, por favor, não me deixe. Fale um pouco mais", ela pensou consigo mesma. Em vez disso, riu.

"Ok, se Deus quiser, vejo você em Moscou em janeiro. Adeus."

"*Hoşçakal.* Tchau, mãe."

Ela segurou o telefone como se fosse um pássaro morto e continuou ouvindo aquele silêncio expansivo que é muito mais significativo, muito mais agonizante do que as palavras. Era como se ela tivesse ficado surda. A palavra "HOŞ-ÇA-KAL" ricocheteou em seu cérebro, como uma prisioneira andando de um lado para o outro em sua cela. O ritmo tak tak das sílabas nítidas e uniformes do turco em marcha militar... Ao contrário do português do Rio, que flui como um riacho pulando amarelinha sobre pedrinhas, o turco anuncia seu significado sem qualquer hesitação ou tentativa de sedução. O conto de fadas moderno conhecido como comunicação havia se desintegrado, soltando floco por floco dos fios telefônicos, como o açúcar de confeiteiro no *lokum*. Ela sentiu um calafrio quando foi aquecer o bule no fogão.

Tomada por um impulso súbito e irresistível, sentou-se à mesa, sem esperar que a água fervesse. Ela intitulou uma página nova e intocada: "VIAJANTE SEM CAIS." Escreveu sem pausa por vários minutos, mal parando para respirar. Frases sem pontuação de um escritor que não tem nem mesmo a determinação de completar uma frase...

Escreveu até que o impulso que transformou sua caneta em um par de sapatos dançando sozinhos no palco de um famoso musical se esvaísse. Ela começou a coçar a grande picada de mosquito do tamanho de uma cereja em seu cotovelo. Primeiro gentilmente, com a caneta; depois, girando a ponta do dedo ao redor da protuberância... Mas em vez de diminuir, a coceira foi ficando cada vez mais intensa até ficar quase insuportável. Ela pressionou com raiva as unhas sujas e compridas no centro da protuberância vermelha e, com o rancor de um fazendeiro enfiando seu forcado na terra rachada, rasgou sua pele até que um fino rastro de sangue escorreu até seu pulso. A queimação finalmente cedeu.

Ela alcançou o seu maço de cigarros quando ouviu a chaleira chiar. Lá estava outro golpe de azar, outro desastre para completar um dia já miserável! Havia apenas três cigarros restantes. Então começou a vasculhar violentamente a bagunça em sua mesa, como se sua vida dependesse disso, procurando por um maço extra. Ela tinha decorado a mesa de mogno, reflexo das aspirações de nobreza do Prof. Botelho, com os objetos mais baratos, mais comuns, sem um pingo de distinção. Um verdadeiro espetáculo de miséria que consistia em um toca-fitas *made in Paraguay* de doze dólares, fitas cassete empoeiradas amontoadas como soldados caídos, bandagens penduradas em seus corpos feridos, colheres de chá deformadas e manchadas de vapor, latas cheias de cinzas de cigarro, *band-aids*, saleiros que não resistiram à umidade dos trópicos por nem três semanas, parafusos, pregos, prendedores de roupa, pilhas, frascos de comprimidos... Papéis de todos os tamanhos e larguras:

jornais, revistas, programação de cinema, ingressos, pôsteres, manuais de instruções, cadernos de desenho gastos, fotos antigas tão tristes quanto navios colocados no estoque, cartas não respondidas de pessoas cuja existência ela agora duvidava... O caderno verde pistache contendo *A cidade vestida de sangue*. Canetas, onipresentes, espalhadas por toda parte... Conchas... Pinças, chave de fenda, coador, abridor de latas; ferramentas e implementos pequenos e insignificantes, mas de vital importância na casa de uma solteira... Em mãos mais experientes, esta pobre mesa tomada por objetos inexpressivos e desimportantes do proletariado teria se revoltado contra Özgür em todas as oportunidades, travando uma luta impiedosa por sua liberdade. Não adiantava; não havia cigarros naquele ninho de rato! Três cigarros em ritmo de um cigarro a cada dez minutos; isso significava que em menos de meia hora ela teria que sair e procurar um quiosque aberto em Santa Teresa, onde o conflito se alastrava.

 Cansada do mundo, desabou em uma cadeira, mas só depois de tomar uma xícara de chá fresco, é claro; remexeu nas picadas de mosquito enquanto examinava a casa, como uma jovem procurando pistas sobre o menino em cujo quarto ela entrara pela primeira vez. Uma espécie de exercício de escrita...

 Özgür era uma migrante veterana que aprendera há muito tempo que todos os "indispensáveis" cabem em uma única bolsa, que o resto pode ser jogado ao vento. Ela não tinha absolutamente nenhuma satisfação em reivindicar lugares e coisas como suas, ou transformá-los em reflexos de sua personalidade. Nessa casa, permeada pelo odor podre dos trópicos, não havia uma única coisa que não funcionasse, nem um único item destinado a apaziguar os sentidos estéticos. Como um vaso, curiosidades, flores. Assim como ela odiava bebês quando criança, quando adulta evitava como a praga o que ela descrevia como itens femininos. Estava tão falida que não tinha televisão, máquina de lavar, lustre, espelho, tapete nem cortinas. Por meio de uma nova tecnologia que havia desenvolvido, ela usava o beiral para pendurar suas roupas. Recorreu a isso porque pendurar roupa suja na varanda estava na lista dos doze itens de atos proibidos datilografados à máquina pelo próprio Prof. Botelho. Suas roupas, que por causa da umidade nunca secavam independentemente da temperatura, e que voltavam a ficar sujas antes mesmo de ela ter a chance de guardá-las, estavam se desintegrando rapidamente, desfazendo-se nas costuras. Afinal, nada poderia suportar a umidade dos trópicos por muito tempo. Frutas estragavam em poucas horas, o leite estragava, as solas dos sapatos se desprendiam em um mês, as roupas ficavam mofadas no guarda-roupa, os livros, vítimas dos ataques de todos os tipos de fungos e bactérias, murchavam.

 Ela correu os olhos pelos livros nas prateleiras de alumínio como se estivesse se despedindo. Cinquenta livros turcos cuidadosamente selecionados — ela calculou um livro por semana, pensando que ficaria aqui por um ano — romances ingleses de segunda mão; o único livro em português que possuía, que comprara por causa do poema de Nazım Hikmet que estava na primeira página; O diário de prisão de Boal... O homem-cobra de olhos sangrentos e dentes sangrentos, um deus índio que Roberto trouxera da Amazônia, havia dado as costas a Tolstói e olhava para Özgür com os olhos cheios de rancor por ter sido arrancado da floresta tropical. No canto estava sua mala volumosa e carrancuda, como um boxeador de glórias passadas que não é entrevistado há algum tempo...

"Esta casa é apenas um abrigo para mim", pensou. "Onde eu realmente moro é um lugar espiritual que não precisa de ornamentação." Meses atrás, ela havia mudado de ideia, decidindo contra sua atitude de espionagem, obrigada ao sigilo, e, como uma paciente de câncer tentando adicionar um toque amigável ao seu quarto de hospital, pendurou na parede algo de valor sentimental para ela... um cartaz de balé. No entanto, em menos de um mês, um dia em que não estava em casa, o Prof. Botelho veio verificar o apartamento; ele arrancou o pôster da parede e o jogou sobre a mesa, que tratou como uma lata de lixo, e deixou um bilhete para Özgür aconselhando-a a revisar a "lista de proibições". (Parece que o Prof. Botelho não confiava no gosto de seus inquilinos e assim preferia manter o monopólio do direito de decorar as paredes.)

Era um pôster barato, em preto e branco, feito de papelão ultrafino; estava tão mal impresso que os traços faciais dos dançarinos se dissipavam como letras árabes se dissolvendo na água. Não continha o nome do fotógrafo nem do balé, mas ela reconheceu o último imediatamente: Orfeu. Orfeu de Balanchine. Paixão, rebelião e desespero transformados em escultura, tornando-se concretos no movimento perfeito de duas pessoas... A eternidade capturada em um único movimento, em um único momento...

Ela podia imaginar bem diante de seus olhos: junto com Oscar, seu pastor-alemão puro-sangue, e a ainda mais devotada governanta mulata carioca de sangue puro, o proprietário marchando com toda a pompa de um senhor de guerra romano e um olhar ao redor da sala de estar; todos os mosquitos o deixam enjoado e ele cobre o nariz com um lenço para examinar cuidadosamente os livros e folhear suas páginas; ele escolhe uma obra de Marco Aurélio; com as pontas dos dedos nobres ele arranca o pôster da parede e o joga fora.

No final, ao purificar sua casa de símbolos e mitos e destruir a única projeção de sua alma que ela continha, ele lhe ensinou uma lição: todos os espelhos estão vazios na cidade dos vampiros. Diante de tantos assassinatos, torturas e mortes, ele lhe mostrara a credulidade de buscar refúgio na arte e, ao fazê-lo, indicara as paredes vazias. Aquelas paredes esbranquiçadas e foscas, o reboco inchado e rachado, a superfície *coberta de teias de aranha, riachos de sangue de mosquitos mortos e manchas em forma de lágrimas gigantescas...*

Meses depois, enquanto lia o que havia escrito, Özgür lembrou-se de uma coincidência que até aquele momento havia escapado completamente à sua mente — que Orfeu Negro foi o primeiro filme que ela viu que tinha a ver com o Rio. Músico vindo das favelas, Orfeu Negro vai atrás de Eurídice, fazendo uma viagem no Carnaval carioca, onde prevalece a histeria em massa, a morte e o caos; com seu violão, capaz de abrir portas trancadas, ele desce às profundezas da Terra dos Mortos e se reencontra com sua amada em um ritual da religião africana, o Candomblé. Mas no exato momento em que derrotou a morte, ele abre os olhos, que deveria manter fechados durante toda a cerimônia. Cedo demais, como todo Orfeu da história... Só restaria o violão do Orfeu Negro, um homem fadado a morrer na favela.

Özgür acendeu seu último cigarro e olhou para as paredes brancas. Ela sentiu como se roedores estivessem roendo seu coração. Estava com raiva de si mesma por ter terminado a conversa telefônica que esperava tanto tempo daquele jeito, por não ter organizado a casa naquele domingo e por nunca conseguir ter um maço de cigarros sobrando por aí. "Ponto Zero" não saía do lugar. "Enquanto eu puder escrever, eu realmente não perdi toda a esperança", pensou ela. "Mas afinal, A *cidade vestida de sangue* não é exatamente um texto para ser lido com os noturnos de Chopin girando no toca-discos, e não pode ser assim; porque onde escrevo, é o som dos tiros que toca ao fundo."

Seus olhos se mantinham na caneta pendurada em seus dedos como um animal de carga que foi trabalhado até a morte. Então, escreveu seu nome em letras enormes no centro de uma página vazia: ÖZGÜR. Ela sempre odiou seu nome, como odiava todos os símbolos descaradamente óbvios. Provavelmente não poderia haver um nome mais absurdo, mais irônico do que o dela; tornava a pessoa um objeto de ridículo aos próprios olhos. Por vários minutos, o tempo que levava para fumar um cigarro, ela puxou, enchendo o interior do "Ö". Trevos de quatro folhas, caveiras, claves de sol, símbolos do infinito...

De repente, sentou-se ereta em seu assento. Da pilha sobre o sofá, ela escolheu uma blusa, que era preta e, portanto, escondia qualquer mancha de chá, e uma calça *jeans* rasgada nos joelhos. Ela não tinha dinheiro para comprar um novo par de *jeans*. Tentou consertar esse par, mas falhou, e acabou tendo que viver com os rasgos sempre abertos, assumindo o traje *punk* enquanto estava no limiar dos trinta. Ela colocou uma nota de dez reais na carteira. Observou com complacência que, ao todo, tinha quinze reais para sobreviver até terça-feira. Ela carregou alguns isqueiros, canetas, seu protetor solar, relógio de pulso, lista telefônica e chaves em uma bolsa do tamanho de uma pequena mala. E o colar de conchas da sorte, que se mostrou inútil em várias ocasiões, e seu caderno verde...

    Ela sempre carregava seu romance consigo, como um amuleto, e sempre que queria se refugiar em seu mundo interior, escrevia, independentemente de onde estivesse. No ônibus, no quiosque, na praia... Os tiros pararam, e a tranquilidade reinou por enquanto. Ela escondeu o último pedaço de cocaína, que havia escondido nas páginas de *O jogo da amarelinha*, e seu espelho de bolso no compartimento secreto da bolsa. Ajoelhou-se na frente da porta e rezou para que conseguisse passar por essa jornada inteira. Quando tinha dezessete anos, ela fugiu da aula de religião um dia e declarou que era ateia; todos os outros alunos olharam para ela como se quisessem esfolá-la viva. Mas agora, aqui estava ela, incapaz de fazer o menor movimento no Rio sem primeiro implorar aos mesmos deuses que ela negou toda a sua vida para mantê-la segura.

    "DIA DE FOGOS DE ARTIFÍCIO! Oh, como eu era ingênua naquela época." Originalmente, ela atribuiu os fogos de artifício que subiam sob o céu de cerca de seiscentas favelas todos os domingos ao amor pela vida dos brasileiros, e ficou maravilhada com esse povo exuberante. Foi apenas alguns meses depois que ela soube que as estrelas cadentes falsas anunciavam a chegada do último lote de cocaína. "Eu me pergunto o que foi que perdi naquele dia — o dia em que descobri o que realmente era aquele 'labirinto brilhante' no céu? Minha inocência? Não, vamos lá, nada que possa caber em uma palavra tão volumosa e insuportável como essa."

II

UMA VIAJANTE NAS RUAS DO RIO

Uma viajante vagando sem rumo pelas ruas do Rio, refugiada em si mesma como um caracol, se recolhe em sua concha, temendo a pistola iminente em sua têmpora, sua boca como uma lixa, dando passos trêmulos, grandes círculos de suor nas axilas. O horizonte era limitado por sua visão, e ela não tinha nada em que pudesse confiar, exceto em seus próprios olhos cansados.

    A selva, que, não muito tempo atrás, apenas três séculos ou algo assim, havia sido a única e incondicional governante destas terras, ainda estava lá; fez sua voz ser ouvida através das barras de ferro que cercavam o enorme bloco de apartamentos. Em cada pedaço destas terras em que o europeu havia pisado, car-

regando sua cruz sangrenta — e espada, febre, tortura, tuberculose, sífilis — ele fora derrotado pelos trópicos. O homem branco, que não suportava a selva, o caos, o desconhecido, e que procurava solucionar, resolver e governar tudo em que se metia, foi arrastado para o canibalismo, para a loucura, nestas terras. A umidade tropical penetrou na medula de seus ossos e seu tecido moral se desintegrou sob o sol e a chuva. O Deus que abandonou seu próprio filho na cruz, e aquele que descobriu o rifle, não conseguiu derrotar o Eros africano, e assim o colocou à venda, o manchou e o transformou em um crime. Os ritmos do candomblé se fundiam com hinos, lamentos e o estalar de chicotes.

Nesta cidade, que fica logo acima do trópico de Capricórnio, todas as possibilidades da humanidade estão diante de seus olhos, como se estivessem sendo oferecidas a um visitante de outro planeta... Os brancos-negros, os brancos-índios, os negros-índios, japoneses, indianos, russos, alemães e suíços — que estabeleceram colônias em cada colina que lembrasse, ainda que vagamente, os Alpes... Os turcos: é como são chamados os árabes sírios que trouxeram melodias do deserto e o içliköfte — o quibe para o brasileiro — à América Latina... Os nordestinos escuros por cujas goelas não passam senão café e raiz de mandioca, e que migraram dos sertões onde o feudalismo persiste até hoje... O baiano, coberto pelas cicatrizes sangrentas de quarenta gerações de escravidão... Os índios da

Amazônia, que têm os olhos mais impenetráveis do mundo... E todas as outras combinações possíveis... Pretos de olhos azuis índigo, índios de cabelos loiros palha, japoneses com lábios africanos, árabes com testas de calmucos... Todas as cores e tons possíveis para a pele da humanidade... A cor da canela, da terra, do bronze, do leite, do café, do mel, do chocolate...

O vertiginoso anarquismo do corpo... Corpos que nunca souberam do mistério, que nunca conheceram as mil e uma prisões da moralidade, suéteres grossos, botas... Sempre frescos e vivos, nus, despidos de mito... Deus concedeu a estas terras um verão sem fim, uma juventude sem fim. As saias coloridas das mulheres ondulando ao vento, a fumaça da maconha envolvendo as praias, os ritmos subindo das calçadas escaldantes para envolver os quadris, o desejo se jogando dos penhascos como um pássaro voraz... Uma cidade capaz de respirar o vapor da sexualidade: Rio de Janeiro. Sempre nua, mas sempre mascarada... Sempre saciada, mas sempre faminta...

O LOUCO DE SANTA TERESA

A partir de um certo ponto não há retorno.
Este ponto deve ser alcançado.

— Kafka

A princípio, aquela condição indispensável da vida errante, a penúria, entrou em sua vida muito silenciosamente; como um tumor insidioso que sofre metástase e depois toma todo o corpo, capturou-a de repente, total e completamente. Quando foi demitida de seu emprego na universidade, ela esperava trabalhar como professora em qualquer uma das centenas de escolas de inglês localizadas pela cidade. Mas, como se viu, as coisas não saíram como planejado. Todos os bons empregos já haviam sido ocupados por americanos aventureiros de verão ou profissionais parecidos com abutres que dedicaram suas vidas ao ensino da língua inglesa. Ninguém confiava na mulher de nome estranho, oriunda de um país que ninguém conseguia identificar no mapa. Durante todo o mês de janeiro e com a temperatura de quarenta graus à sombra, ela havia entrado em ônibus lotados de gente, o ar carregado de odor humano, viajando incessantemente de um bairro para outro, de manhã até a noite, escrevendo vários currículos entre os passageiros desmaiados. Ela teve entrevistas com uma série de diretores sempre tão chiques e arrogantes. Eram jovens profissionais, apaixonados por seus cartões de visita, queixos erguidos como se quisessem exibir seus pomos de Adão, que acreditavam que ensinar inglês era o trabalho mais importante do mundo — e assim também, sem dúvida, era tudo o que faziam. Com sua bolsa esfarrapada, sapatos gastos e cabelos que não viam uma tesoura há meses, eles montavam a imagem da mulher pálida sentada na frente deles em uma fração de segundo. E então ela conseguiu ser contratada por uma escola de inglês, após muito esforço, apenas para ser mandada embora ao se recusar a mimar os alunos e por causa de sua atitude de professora universitária persistente e sabe-tudo. Assim, depois de derramar muito sangue, suor e lágrimas, ela conseguiu alguns alunos particulares, a maioria deles engenheiros que estavam solitários e, portanto, deprimidos, e que haviam desenvolvido uma relação incestuosa com seus computadores; sua ânsia de aprender inglês, no entanto, seria rapidamente extinta tão logo ela recusasse os convites para jantar. Dessa maneira, gradualmente, Özgür acabou tendo que economizar cada vez mais. Já não podia nem pensar em comprar roupas novas, ir ao cabeleireiro ou ao dentista, ou comer fora; pechinchava envergonhada com os vendedores dos bazares locais, lia o jornal apenas um dia por semana e só assistia a *shows* e eventos gratuitos. Ao contrário das histórias clássicas de imigrantes que aos poucos engordaram de riqueza no "Novo Mundo", sua jornada começou no bairro querido da cidade, Copacabana; simples, "classe média"; traçara seu percurso pelas baías de Botafogo e Flamengo, com suas abundantes igrejas, hospitais e supermercados, do litoral para o interior, direto para o coração da cidade. Do Rio de aparências, de pele branca, turística, climatizada, ao Rio real, mulato, calado e infernal... Do Rio que engole vitórias com apetite insaciável ao Rio que nem percebe que é um perdedor contumaz...

A cozinha japonesa foi substituída primeiro por rosquinhas amanteigadas saboreadas em pé, depois por *nanemolla* e, finalmente, uma vez que seu estômago "pequeno-burguês" se revoltou, por uma fome gritante. O café com leite substituiu os sucos de frutas amazônicos espremidos na hora, e seu Parliaments, o cigarro das mulheres de carreira, foram substituídos pelo L.M., o cigarro das caixas. Ela não tinha mais dinheiro nem para comprar FREE, a escolha dos acadêmicos, com cujo nome, de certa forma, ela compartilhava. Contar seus centavos era demais para ela; ela foi incapaz de lidar com aquele estado comum, simples, banal, sofrido por noventa por cento da população mundial, esta doença conhecida como "pobreza". Infelizmente, esta atitude intelectual particular que não personaliza a questão, e que se considera acima do mundo físico, não conseguiu sustentar seu ego. Do nada, começou a mexer em suas joias antigas e a usar cachecóis, chapéus e enormes pulseiras de madeira. Como dizem os africanos, "a pretensão torna-se o faminto"... Sempre que seu dinheiro estava prestes a acabar, ela esbanjava, desperdiçando-o em pequenas indulgências, caprichos e presentes para mimar seu ego. Por exemplo, comprava pêssegos que custavam doze dólares o quilo e os saboreava, deixando escorrer o suco, lambendo os dedos. Frequentava cinemas e assistia filme após filme em que o silêncio reinava e o cenário era sempre um clima frio, e às vezes pegava todos os romances ingleses no carrinho de um vendedor. Depois, havia momentos em que, com o rosto corado, ela entregava o pouco dinheiro restante para um menino de rua. Gastar seu dinheiro para "se mimar" era como assinar um cessar-fogo com a vida. Talvez lhe permitisse beber o prazer em pequenos goles e a dor em pequenos copos.

"O dinheiro é como uma muleta. Isso ajuda você a ficar de pé." A cada dia dado por Deus, lembrava-se desta frase, que ouvira anos atrás de um motorista de táxi em Istambul, cuja sabedoria só foi capaz de compreender uma vez no Rio. Toda vez que ela era pisada, toda vez que ela batia em alguém, toda vez que se humilhava... Toda vez que desobedecia os princípios mais básicos da "boa educação"...

Numa sexta-feira à noite, ela estava em uma casa de câmbio no Flamengo. Tinha apenas dez dólares para passar o fim de semana inteiro. Por causa da burocracia insondável do

Brasil, e suas medidas de segurança paranoicas, houve uma confusão com o dinheiro dela enquanto ia de assinatura em assinatura, e de mão em mão. Ela recebeu o dinheiro de um pré-adolescente, o qual, pelo macacão que vestia, percebia-se claramente que se tratava de um jovem aprendiz. Exatamente trinta e dois reais e quarenta centavos. Ela ficou imóvel por vários segundos; suas bochechas estavam em chamas; havia um zumbido em seus ouvidos. Tinha duas longas noites e dois longos dias pela frente, e uma consciência pesada, enferrujada, decrépita que, apesar dos inúmeros tropeços, ainda funcionava... Colocou o dinheiro no bolso. Ao sair correndo da loja de câmbio, viu como o jovem aprendiz contou o dinheiro dado a ele e ficou paralisado de horror, e como ele se dirigiu ao balcão com uma expressão chorosa no rosto.

Ela vagou pelas ruas por um tempo, como uma fugitiva da prisão. Então mergulhou no primeiro restaurante italiano que viu e gastou todo o seu dinheiro — todo o dinheiro do jovem aprendiz, todos os trinta e dois reais e quarenta centavos que custaram tanto trabalho, em um único jantar. Há algumas coisas mais indispensáveis que a virtude. Como limão em seu chá, o jornal de domingo, ou muçarela italiana...

Essa foi talvez a parte mais sincera do romance. Por ser tão profundamente pessoal, ela usou um estilo direto, franco e simples. No entanto, a escrita falhou em purificar Özgür desta memória totalmente vergonhosa. Os olhos do jovem aprendiz emergiam dos corredores escuros de sua memória, rastejando como um polvo gigante, e a agarravam por trás nos momentos mais inesperados.

Ela havia fechado a porta com cuidado e desceu as escadas como um fantasma para evitar encontrar o índio porteiro da Vila Branca, o Romário. Ela não estava em condições de ouvir o porteiro manso, com um metro e meio de altura, lembrá-la do aluguel mais uma vez. O cheque que havia recebido da última escola em que trabalhou por dois meses de trabalho foi devolvido; durante semanas ela não conseguira convencer o chefe com cara de buldogue em seu traje de Al Capone — charuto, sapatos de verniz, chapéu-coco — a pagar em dinheiro. Na verdade, era Romário quem ela queria salvar do que sem dúvidas seria uma conversa embaraçosa para ambos. Afinal de contas, ela era a única inquilina a qual o pobre porteiro havia apresentado seu bebê recém-nascido.

A esta hora do dia, a casa estava absolutamente silenciosa; os moradores de Villa Blanche, que quase não eram vistos desde o início dos combates, tinham ido todos para a praia ou para as aldeias nas montanhas. A esta hora, Romário devia estar dormindo em seus aposentos úmidos, com a namorada de dezesseis anos e o bebê de dois meses e meio. O orgulho e a alegria do Prof. Botelho, seu pastor-alemão puro-sangue, o seu cão de guarda, em vão buscou sombra no terraço, que brilhava como um espelho sob o sol, até que caiu pro outro lado pelo muro baixo. Romário descontava suas persistentes frustrações com o Homem Branco sobre esse animal indefeso; ele o deixaria lá fora o dia todo naquele terraço infernal, completamente privado de comida ou água. Özgür era a única a sempre ser afetuosa com o pobre animal.

Ela estava com sorte hoje. Tinha aberto silenciosamente o portão do jardim com três fechaduras e conseguiu escapar sem esbarrar em uma única alma. Era noite de domingo, a hora em que fazia sua viagem semanal ao pequeno quiosque no alto da colina, o único lugar próximo onde podia comprar cigarros. O calor a atacou como uma anaconda, envolvendo-se em sua garganta. Não podia estar mais do que trinta e seis ou trinta e sete graus; com seus dois anos de experiência, ela agora podia dizer pelo suor que instantaneamente jorrava de seus poros quando a temperatura estava acima da temperatura do corpo. Um dia de verão comum e quente para o Rio! Mas ainda assim sentia-se constantemente como se estivesse bem na frente de uma barraca *döner* turca, a carne girando no espeto diante da chama; não importa para que lado se virasse, sentia o calor...

Com suas frases estereotipadas e cor-de-rosa, os manuais turísticos descreviam Santa Teresa como "o centro da vida boêmia" e a recomendavam apenas para os aventureiros ou para quem viajava com "orçamento apertado". Eles recomendavam o bonde centenário que subia bufando pelas calçadas de pedra e um bar chamado "Sobrenatural"; eles também aconselhavam estritamente a não usar um relógio de pulso, joias de ouro ou qualquer joia que se assemelhasse a ouro. Um escândalo internacional havia estourado cerca de dois meses antes, quando um empresário japonês, lutando para se defender de uma tentativa de assalto, caiu do bonde para a morte (e durante a Semana da Amizade Nipo-Brasileira!), e todas as viagens de bonde foram encerradas. Assim Özgür foi resgatada das vibrações que transformavam as casas em vítimas convulsivas da malária uma vez a cada meia hora, e daqueles freios estridentes que soavam como o grito de um enorme pássaro metálico sendo estrangulado. Infelizmente, os ônibus passaram a ser o único meio de transporte, pois nenhum taxista ousava entrar em Santa Teresa, local famoso por seus roubos de carros. Aqueles ônibus esquecidos de Santa Teresa, cheios de gente como sardinha em uma lata, seus preços eram determinados por seus motoristas que inevitavelmente estavam todos drogados... E quanto ao ônibus da meia-noite! Sempre que se aproximava lentamente do ponto de ônibus, sem se importar com o mundo e com pelo menos vinte minutos de atraso, havia um estouro de comoção em todos os bares enquanto a multidão de Santa Teresa, bêbada, corria para a porta, com suas últimas cervejas ou cachaças na mão. Levaria mais vinte minutos para o grupo de oitenta pessoas, quase todas embriagadas, encher o ônibus, e nenhuma passagem seria emitida, graças ao acordo não registrado entre o vendedor de passagens com cicatrizes de batalha e os moradores do bairro. Cada pessoa entregaria algum dinheiro de acordo com suas posses, tendo em mente a parte do motorista. O que quer que eles quisessem dar... O ônibus, pesado como uma mulher grávida de oito meses, resmungava, tossia de vez em quando e soluçava subindo a ladeira íngreme. Cada vez que parava e partia novamente, os limites entre os corpos ficavam obscurecidos além do conhecimento. A voz de um negro bêbado emergia das fileiras do fundo e dava início a uma roda de samba; outras vozes, a princípio apenas um casal, depois toda a multidão, se juntavam; o som de um tambor acompanhava a música; finalmente, toda a cena ficaria fora de controle quando o velho bilheteiro virava a bilheteria de cabeça para baixo e começava a batucar sobre ela para manter o ritmo. Uma festa da meia-noite nascida espontaneamente! Apesar de a maioria dos passageiros serem bêbados, ladrões ou traficantes de drogas das favelas, nunca houve um incidente sequer de furto, muito menos assalto à mão armada, no ônibus da meia-noite. Um conto de fadas temporário de fraternidade e igualdade, com abóboras se transformando em carruagens e sapos em belos príncipes, no Rio de mãos ensanguentadas...

    Santa Teresa era o único morro da cidade ainda não invadido pelas favelas; e era também o único bairro que pertencia a artistas, especialmente artistas negros. Uma zona resgatada para músicos, dançarinos, pintores e artesãos de tudo, da escultura ao perfume, resgatados da pitada de miséria graças às suas habilidades... O Carnaval começa aqui um dia antes de sua abertura oficial; este é o único local onde se comemoram os aniversários de Nelson Mandela e do lendário líder da resistência Zumbi, que fundou a primeira república negra da história. Mestres intérpretes do samba, aquele "filho da dor e pai da felicidade", tocam nos bares improvisados de Santa Teresa. (Os turistas com coragem suficiente para entrar nos "clubes negros" depois de escurecer têm dificuldade em acreditar que aqueles caras com seus dentes podres e roupas esfarrapadas são músicos, homens cujos nomes chegaram até o hemisfério norte estampados em capas de álbum.) Com seus bancos de madeira e mesas bambas, poças de urina e longas filas em frente a banheiros sem torneira, estes bares, que serviam apenas cachaça e cerveja, estavam sempre lotados; e aquela queridinha da classe média, a bossa-nova oca e açucarada, definitivamente não fazia parte do repertório. Todos os clientes, exceto os gringos, acompanhavam os músicos, mantendo o ritmo com baterias, marimbas e caixas, cantando a pleno pulmão e dançando, à medida que o samba virava pagode, o pagode virava maracute e o maracute se transformava em puro ritmo africano.

Em Santa Teresa, terra do Carnaval perpétuo, vivia também uma minoria composta por embaixadores, políticos, padrinhos da máfia que queriam ficar longe da vista do público e ex--chefes de polícia que se enfeitavam; estas pessoas viviam em vilas de muros altos com seus guardas e dobermans e nunca mostravam seus rostos nas ruas. O proprietário do apartamento de Özgür, Prof. Botelho, pertencia a essa casta, assim como os gângsteres que realizaram o maior roubo de trem da história inglesa antes de fugirem para o Brasil...

Ao lado da Mansão Azul — uma daquelas vilas cercadas por cercas elétricas e cacos de vidro — ficava o "Canto Istambul" de Özgür. Em todas as paradas ao longo de sua vida de migrante, das cidades costeiras oceânicas às cidades alpinas da Europa Central, em todos os portos em que se refugiou, ela encontrou ou criou um Canto Istambul para si mesma. Lugares que, com a perspectiva certa, a luz certa e, sem dúvida, o clima certo, lembravam Istambul... Com suas praias separadas por falésias altas, suas enseadas sinuosas que se entrelaçam como os riachos do Amazonas, suas rochas selvagens rasgando o horizonte, e sua selva como uma rede de pesca sem limites lançada sobre a cidade, o Rio certamente não era nada como Istambul. Tinha uma beleza sedutora, que gostava de extremos, contradições e imprudências; lançou-se sobre ela, cruelmente, embriagou-a, agarrou-a com firmeza nas suas mandíbulas. Tinha um charme misterioso, como uma máscara africana, enquanto a cidade de seu nascimento e infância era como uma pulseira de prata antiga, incrustada de ametistas, suave, elegante, orgulhosa, de lábios apertados, lânguida... Mas aqui, apenas nesse lugar, o qual ela alcançava após passar pelo quiosque ao lado da parada do bonde, sempre evitando ficar muito próxima às paredes da Mansão Azul, o Rio, uma cidade que se diverte no jogo da malandragem, tiraria sua máscara tropical e vestiria o traje que Özgür queria ver. O oceano Atlântico, galopando em direção à cidade a toda velocidade, sua juba ondulando atrás, pararia de repente na foz da baía de Guanabara, acalmaria suas ondas que ecoavam a eternidade e abdicaria de seu vasto trono. Lá, ele se transformaria em um lago interior pálido, tímido e verde musgo; como a língua de um gato, ela gentilmente abria caminho para as colinas humildes e suavemente inclinadas de Niterói. O Chifre de Ouro visto por Pierre Loti...

 Özgür vinha aqui sempre que conseguia reunir forças para sair de seu apartamento; ela ficava ereta e imóvel entre os bancos de madeira onde todos os sem-teto, bêbados e viciados em cocaína caíam, e esperava que uma brisa do oceano a levasse para o passado. E geralmente a brisa vinha, mas na forma de uma tempestade no deserto. Ela encheria seus olhos de areia, fazendo pequenas moléculas de memórias voláteis que se espalhavam como serragem choverem, imagens trêmulas de uma vida que rapidamente afundariam nas profundezas de sua memória, como um navio se enchendo de água. Relevantes ou irrelevantes, oportunas ou inoportunas, de mão fechada, memórias ultramarinas... Memórias que perderam o fôlego cedo demais, incapazes de transportá-la por aquelas águas sem limites que a separavam de seu passado... Um cheiro, um som, uma buzina de barco, um pôr do sol cor de romã... Veloz, suave, navegando até sua infância, e depois, sempre, uma porta trancada... Os pássaros, incapazes de voar embora batessem as asas com toda a força, sitiaram sua memória: apenas um pouco de agitação na superfície e uma leve — não muito, não o suficiente para doer — melancolia... Nestes momentos, Özgür sentia o desejo de escrever... Seu passado assumiu um rosto somente depois dela mais uma vez percorrer suas linhas desbotadas.

No entanto, sob o céu dominador e pesado dos trópicos, às vezes até mesmo "memória" parecia um conceito inventado por literários. Apenas uma palavra. Uma pele que não guardava nenhuma alma, ou essência... O refúgio mais confiável diante da realidade... Özgür agora podia existir em um universo bidimensional feito de palavras. Num universo em que a morte se reduzia a uma série de letras: M, O, R, T, E...

Hoje era realmente seu dia de sorte, pois os bancos de madeira estavam vazios. Com a mente em paz, ela tirou seu caderno, com seu desenho de folhas verdes, de sua bolsa. Na contracapa estava escrito: "Proteja a Natureza! A extinção é para sempre."

Por que diabos eu escolhi esta cidade que é tão impiedosamente cruel comigo? Este Rio de Janeiro, que esconde seus dentes afiados e pontudos atrás de suas máscaras de Carnaval e me envolve em seu manto costurado com sangue, cada fibra tecida da dor humana...? Há apenas uma coisa pela qual abandonamos as águas seguras e cortamos nossas raízes. Apenas uma coisa pela qual Adão rejeitou a imortalidade: O DESCONHECIDO.

Foi há muito, muito tempo. Vesti-me com a armadura da solidão e parti para o mar. Nesta parada final, entendi que minha existência está apenas andando em círculos. Armado com duas espadas cegas, curvado sob o peso de meus escudos enferrujados. Cada vez apenas mudando de órbita, nunca se aproximando do centro... Não é desejo nem coragem que me arrasta de aventura em aventura. Talvez seja o desejo de fugir, mas não do meu passado, pois o meu passado foge comigo. Como um batedor de carteiras, correndo a toda velocidade, e despejando à esquerda e à direita todo o dinheiro da carteira roubada...

Cada viagem é uma mudança de decoração, só isso. O painel com as silhuetas das mesquitas é levado para os bastidores, e o sol amarelo dourado toma seu lugar. Algumas palmeiras, praias vistosas, um universo criado com algumas pinceladas... Decoração barata, alguns extras amadores, o protagonista já alienado do drama que interpreta. E a música? Agora, o samba.

Se o passado se tornou o reino perdido de Atlântida, e a sombra escura da cidade cobre todos os ideais sobre um futuro, então você é forçado a se refugiar no "presente". Você não tem outra escolha que não ser arremessado entre o mar e a selva, entre os braços de brancos e negros, de uma fome corporal que é facilmente saciada, mas que cria uma sede pior do que antes, para a próxima. Agarre os lábios molhados até que todos os poros do seu corpo jorrem, rasgue as mangas com as mãos nuas e chupe o açúcar dos dedos, traga os cigarros como se estivesse inalando oxigênio puro e dance! Afaste-se mais um passo de si mesma a cada batida do tambor. Não se esqueça! Esta música, esta música que te agarra pelos ombros e te arrasta para o país da loucura, é o resquício final do Orfeu Negro.

Ela se aproximou do quiosque, que era do tamanho de uma banca de jornal e a fazia pensar em um presente em papel de embrulho azul que alguém havia esquecido e deixado para trás. Nesse ponto, ela poderia ter morrido por um guaraná e um cigarro. (De repente, lembrou-se de um meio-dia de agosto, quando caminhou em direção a um quiosque turístico de aparência histórica em Sultanahmet. De como o sol aquecia suas costas, da avenida empoeirada, dos vendedores ambulantes de anéis de gergelim... O quiosque vendia sanduíches de queijo branco e pasta de azeitona. Mas ela não estava em Sultanahmet, estava em Beyazıt, na entrada do café onde fumava narguilé. Ela tinha dezoito anos, era estudante universitária; nada de significativo havia acontecido ainda naquele dia.) O mais miserável, ou seja, o mais genuíno, dos bêbados de Santa Teresa eram os clientes deste quiosque, que vendia álcool, cigarros e biscoitos paraguaios intocados há quem sabe quantos anos. Uma clientela de pessoas sem teto, motoristas de ônibus, engenheiros formados na pequena favela que ganhavam a vida roubando carros, os capoeiristas que faziam *shows* com facas... Uma clientela que escolhia beber de pé — até cair no chão... Nas raras vezes em que Özgür conseguiu acordar cedo, ela viu como o lugar estava coberto de cacos de vidro e manchas de sangue.

Um jovem mulato descalço, de dezoito ou dezenove anos, roncava estendido na calçada. Moscas zumbiam em torno de sua cabeça esquelética, que parecia uma caveira descuidadamente enfiada em um estojo de couro; sua perna direita estava em uma poça de urina, provavelmente a sua própria. À sua frente estava um husky siberiano puro-sangue, uivando e gemendo de dor. A maioria das pessoas de rua tinha cachorros, e não qualquer cachorro, mas raças como dobermans, pastores-alemães e galgos afegãos, o que era totalmente incompreensível para Özgür. Por que alguém que não conseguia nem encontrar o suficiente para comer para si mesmo arriscaria sua vida para roubar um filhote e criá-lo com tanto autossacrifício? Era a necessidade de segurança ou a necessidade de amizade? Depois de latir desesperadamente por vários minutos — durante os quais ele examinou Özgür com o canto do olho e percebeu que não podia esperar nenhum favor dela — o cão descontente deitou-se ao lado de seu dono, colocou a cabeça em seu estômago e rapidamente adormeceu. "Nem mesmo o mais destituído dos humanos desperta tanta compaixão quanto um animal indefeso", pensou Özgür. "Em vez disso, o primeiro desperta apenas um sentimento forçado de pena, horror e geralmente repulsa... Humanos são tão impiedosos com a sua própria espécie."

Dois favelados, seus olhares sombrios, estavam parados em frente à pequena janela do quiosque guardada por grades de ferro. Eles estavam encostados no balcão, apreciando suas cervejas geladas. Özgür, que muito antes aprendera a estar sempre atenta, imediatamente sentiu que os homens não estavam fazendo nada de bom. Camisetas compridas até os quadris, sapatos chiques, relógios folheados a ouro... Talvez fossem dois bandidos do Comando Vermelho fazendo uma pausa entre as batalhas. Ela, um tanto pessimista, começou a pensar em como poderia passar por eles e ir até a janela. O Diário da Morte do Rio estava cheio daqueles que usaram a expressão errada no lugar errado e foram crivados de balas; mas ela estava morrendo de sede. Além disso, estava preparada para lutar como um gladiador por um único cigarro.

"Um guaraná, por favor, e um L. M. lights", ela gritou a dois metros de distância no tom mais determinado e contundente que conseguiu. Se isso fosse um palco de teatro, sua voz facilmente chegaria às fileiras de trás.

Como todos os balconistas do Rio, o operador português do quiosque, que já passava dos setenta, permaneceria insensível aos pedidos dos clientes, atingindo um clímax satisfatório somente depois de atormentá-lo suficientemente e fazê-lo repetir seu pedido pelo menos três ou quatro vezes. "Você está maluca? Atrasada para o inferno?" Özgür havia resistido a muitas injustiças, insultos e fraudes, mas a grosseria descarada dos funcionários do balcão ainda a deixava louca. Irritadiça, começou a coçar a picada de mosquito em seu cotovelo, agora uma ferida sangrenta.

"Por favor, um guaraná bem gelado e um L. M. lights." Totalmente imperturbável, o homem continuou guardando garrafas. Özgür estava lívida. Se tivesse uma arma naquele momento, teria enfiado uma bala direto nas costelas daquele idiota!

"Ei, amigo, você não vai me dar um guaraná? Estou esperando aqui sob o sol há dez minutos."

Com uma lentidão reumática, o português virou gradualmente as costas. Ele olhou Özgür da cabeça aos pés. Ele tinha olhos amarelos claros, olhos como os de um peixe morto; não havia limite entre a íris e o branco de seus olhos, assim como água e azeite no mesmo copo. O olhar que o homem lhe dera foi além de desejar que ela nunca tivesse existido, mas de desejar exterminá-la. O português havia muito tempo abaixado as cortinas da vida. "*Pervertido profissional, pedófilo de merda*", pensou Özgür.

"Espere um minuto, gringa!", o homem respondeu, colocando tanto desprezo e ofensa quanto ele possivelmente poderia naquelas quatro palavras. Os portugueses simplesmente não conseguiam fazer o trabalho braçal nestas terras que eles mesmos haviam explorado até o osso, até a medula, por séculos, e então descarregavam seu ressentimento em outros estrangeiros. E então agora a mesma coisa que ela temia aconteceu; assim que os dois favelados ouviram a palavra gringa, levantaram as orelhas como um casal de cães policiais e começaram a observá-la, sem nenhum esforço para esconder o olhar pesado, escuro e orduroso em seus olhos ao fazê-lo. "Ela não tem relógio nem joias, a bolsa está esfarrapada, mas feita de couro de qualidade, definitivamente da Argentina. Os saltos de seus sapatos estão gastos. Assim como os joelhos de suas calças... Obviamente não tem um centavo em seu nome, mas sua pobreza é temporária. Ela está apenas dando um tempo entre os bandidos que nunca tiveram o começo suave que ela herdou. Nós nascemos destinados a sofrer, mas eles, eles só escolhem fazer isso depois. Ela vai voltar para seu ninho, voltar para os privilégios que tão facilmente esbanjou, mas só depois que desistir de aceitar o mundo sob suas próprias condições, só depois que aprender a salvar a situação com algumas pequenas concessões. Quanto a nós, porém, ninguém nunca nos deu nada; e é por isso que vamos pegar o que quisermos, cada sucata que conseguirmos."

    O sexto sentido de Özgür agora era tão aguçado quanto o de um animal sendo caçado no escuro. Ela leu claramente cada letra do ódio escrito no poço profundo dos olhos do português. Ainda assim, aproximou-se dele com uma fúria que não conseguiu controlar. Em um movimento infantil e masculino, um movimento que provavelmente aprendera nos filmes de John Wayne, ela empurrou as garrafas de lado e colocou os cotovelos firmemente no balcão. Ela o deixaria saber que não tinha intenção de sair até conseguir o guaraná e os cigarros. Ela era como um jogador de pôquer jogando tudo o que tinha e, como todos os verdadeiros jogadores, o que ela realmente queria era perder.

    "Um guaraná", disse ela, pronunciando as palavras uma a uma. "Agora mesmo. E um pacote de L. M... L. M. light."

    Sentiu o mulato bigodudo à sua direita congelar como se tivesse acabado de ser jogado em uma poça de água gelada. Então, virou-se para ele. Sobre ela, choveram mísseis. Ela cometeu um grave erro! A gringa insolente merecia aprender uma boa lição agora. Aquele maldito português! Se ele apenas lhe desse o guaraná para que ela pudesse fugir! Os olhos do mulato atiraram bolas de fogo para ela... Naquele momento, ela se concentrou em uma única coisa: a garrafa de cerveja que estava entre eles... Se pudesse quebrá-la, mas mesmo que conseguisse quebrá-la, o que faria com isso... ela não estava pensando no homem à sua esquerda. Apenas no próximo passo! O asfalto sob seus pés se transformou em areia, e ela estava afundando. Ela sentiu aquela onda sanguinária subindo das profundezas de sua alma. Um sentimento de luxúria, uma sensação de morte... Então, quem chegaria primeiro? A mão preta que estava acostumada com o coldre, ou a branca que não tinha nada além da caneta? Segundos que coagularam, se espalhando como mercúrio... Özgür agora olhava o mundo de uma perspectiva restrita, a garrafa de cerveja e a jugular latejando como um relógio no pescoço do mulato... Como um casal prestes a começar uma valsa, os dois oponentes ficaram frente a frente; estátuas imóveis. Eles iam fazer a mesma dança, mas nenhum tinha pena do outro. Eles não passavam de marionetes curvando-se à vontade diabólica da cidade. Fantoches absurdos, patéticos e assassinos... O som de três balas de uma metralhadora ressoou do vale.

"Oi, gringa. Tudo certo?"

Özgür instantaneamente liberou toda a tensão em seu corpo, como uma maratonista sem fôlego. Seus músculos de repente ficaram desprovidos de toda força. Ela quase desmaiou. A palavra "gringa", a mesma palavra que quase a levou à morte momentos antes, a devolveu ao seu verdadeiro eu. Era Eduardo, sobrinho do ex-

-chefe de polícia do Rio. Estava salva, por enquanto. Levou vários minutos para se recompor; suas mãos estavam tremendo, seu batimento cardíaco reverberando em seus ouvidos. Ela estava encharcada de suor. A dança da morte permaneceu incompleta, como uma sessão de amor interrompida no meio; o corpo, não conseguindo atingir o orgasmo, tentava livrar-se da energia que acumulara — tremores, convulsões, mais tremores. Ela passou por outro flerte, outro flerte, outra capoeira com *A cidade vestida de sangue.*

"Oi. Estou bem..." Então, depois de um tempo, ela repetiu, gaguejando: "Estou bem."

O vagabundo mais simpático de Santa Teresa, Eduardo, havia dado a mansão no final da rua do Murtinho, única herança que recebeu quando seu pai foi destruído por uma granada lançada em seu carro, ao serviço público, doando-a aos sem-teto, bêbados, viciados em cocaína, renegados e desvalidos. Ele morava ao lado da favela, em uma cabana de junco que havia construído com as próprias mãos e que estava repleta de plantas da Amazônia, cactos e orquídeas. Verdade seja dita, ele geralmente desmaiava e adormecia na calçada ou no último bar que visitava todas as noites. Dizia-se que ele era um pintor talentoso e um viciado incorrigível. Ele era um vagabundo completo; um maluco emotivo, bondoso e cativante que adiara indefinidamente o ajuste de contas com a vida.

"*Bonjour, mademoiselle*", disse Eduardo com um gesto exagerado, fazendo uma reverência baixa ao estilo japonês. Ele não estava ciente nem da hora nem da dança da morte que havia sido executada em um piscar de olhos apenas um momento antes. "Você está parecendo um pouco para baixo esta manhã."

O rosto de Eduardo tinha aquele tom cinza que tomava as pessoas que não haviam comido há algum tempo. Suas bochechas estavam afundadas, seus olhos vermelhos. Uma bola de ranho pendia de seu nariz. Indicação de uma dose pesada de cocaína inalada muito recentemente... Apesar de sua roupa desintegrada, manchada de óleo e tinta, suas sandálias esfarrapadas com os dedos dos pés pretos saindo delas, e seu cabelo emaranhado como um ninho de passarinho, Eduardo ainda trazia sinais da classe social a que renunciara. Ele não tinha, por exemplo, o cheiro de quem cresceu na rua, e todos os dias ele se barbeava bem.

"*Bonjour, monsieur*", respondeu Özgür, tentando não olhar para o rosto do homem. Ela não era mais facilmente desencorajada por fluidos corporais. Rio a havia acostumado a feridas purulentas, gangrena e tanto defecação quanto masturbação ao ar livre, mas, por alguma razão, o muco ainda a repelia. Teria que beber seu guaraná, pelo qual quase sacrificou a vida, ali na frente daquele pedaço de meleca.

"Você gostaria de comprar um colar?"

Eduardo sempre carregava consigo uma pequena mesa de exposição; ele vendia contas e enfeites, pedras semipreciosas e livros de astrologia, conforme o humor lhe convinha. Na verdade, em vez de vendê-los, ele os distribuía com mais frequência, especialmente para as garotas de que gostava. Afinal, ele realmente não se importava mais com dinheiro.

"Não tenho dinheiro para um colar."

Ela não sabia que quando falava português, sua personalidade mudava e ela se tornava uma pessoa dura, rígida e contundente. Ela entendia o idioma quase perfeitamente agora, mas ainda não havia alcançado a fluência na fala. Só conseguia se expressar da maneira mais direta.

"Então, deixe-me dar um para você, como um presente. Escolha um! Pegue todos eles, se quiser. O negócio é uma merda de qualquer maneira. Por causa do *boom boom boom boom*."

Com uma arma invisível ele desferiu uma série de tiros no vale de Santa Teresa e no quiosque. Özgür inclinou a cabeça ligeiramente para frente e exalou ruidosamente pelo nariz e franziu os lábios. Foi sua tentativa de sorrir.

"Obrigada, mas não precisa. Eu não quero um."

Eduardo examinou a gringa de rosto pálido da cabeça aos pés. O rosto da mulher estava calmo, como se tivesse acabado de tomar uma dose de ópio, mas as inúmeras linhas, como traços de ondas em seixos, a denunciavam; claramente ela teve seu quinhão de brigas com a vida, e teve seus empurrões também. Ela não tinha nada do jeito animado, paquerador ou toda a sexualidade flagrante das mulheres cariocas. A dela era uma beleza sem decoração, simples, quase perdida... Ele a observava de longe nos bares de Santa Teresa. Ela estava sempre sozinha, sempre sentada em uma mesa em algum canto isolado, fumando sem parar e rabiscando coisas em guardanapos. Um monumento meio vivo de tristeza, sem intenção de contagiar os outros com sua infelicidade. Embora cheirasse a solidão, ela sempre repreendia os chacais que desciam sobre ela, e sob nenhuma condição baixava a guarda. Ele tinha ouvido falar dela, dos rumores de que seria uma escritora síria: "Esta mulher é a personificação da solidão. Uma deusa do Oriente Médio cujo culto se desfez, seus templos cobertos de grafite." Talvez a fraqueza inexplicável que sentia pela gringa, que na verdade não achava tão atraente assim, fosse por causa desta frase, que ele simplesmente não conseguia tirar da cabeça; até agora, ele a enchera de presentes em todas as oportunidades: brincos de prata, mapas astrológicos, um par de sandálias. As orelhas de Özgür não eram furadas, ela não se importava com astrologia e detestava sapatos abertos. Ainda assim, guardou os presentes cuidadosamente. Ninguém, exceto o afetuoso e maluco Eduardo, lhe dera qualquer coisa no Brasil, embora já tivesse passado dois aniversários lá.

"O governador está em Santa Teresa. Li no jornal. Ele está aqui para acabar com a luta."

Um brilho travesso brilhou nos olhos iridescentes de Eduardo. Uma covinha ligeiramente saliente, em forma de coração, muito apropriada para seu rosto comprido, apareceu em seu queixo.

"O governador e todos aqueles ternos duros... Eles vão foder Santa Teresa. Eles vão construir uma delegacia a cada meio quilômetro. Eles podem beijar minha bunda. Aqui onde fica este quiosque também."

"Sério? Mas este não é um local histórico?"

"Aqui está, querida, guaraná e L. M. light."

O velho português, que menos de cinco minutos antes ela tinha sonhado em mandar para Terra do Nunca com um único tiro nas costelas, estava finalmente entregando as mercadorias desejadas. Özgür sentiu vergonha. A violência que crescia em seu coração como uma estalagmite desde que começara a viver nesta cidade frequentemente tomava as rédeas do seu ser. Ela tinha fantasias horríveis, de revirar o estômago, que simplesmente não conseguia conciliar consigo mesma. Como apontar uma arma para a cabeça de motoristas de ônibus, balconistas, ou seu chefe, e informá-los, com uma voz fria e indiferente, de que, se não lhe dessem o salário ou o café imediatamente, ela puxaria o gatilho.

"Ah... Obrigada."

Ela encontrou uma nota de cinco reais sem ter que tirar a carteira da bolsa. Havia dado as costas tanto para os favelados como para Eduardo, e segurava a bolsa junto ao corpo. Hábitos que adquirira no "Novo Mundo"... Ao se aproximar do balcão, viu que os dois mulatos não lhe prestavam mais atenção, mas conversavam, como se aquela capoeira da morte de minutos atrás houvesse sido coisa da sua imaginação. Ela foi abalada por um terrível sentimento de dúvida. Será que tudo isso — a garrafa de cerveja, o manto carmesim — não passava de um devaneio seu que sangrava internamente? Talvez esses homens bebendo cervejas de domingo não estivessem querendo pegá-la. Por que não lhe ocorreu que seus olhares de gelar o sangue poderiam ser apenas por curiosidade ou atração sexual? E pensar que ela mesma já havia escrito aquela mesma cena. A protagonista do romance, ainda apenas Ö., uma versão fictícia de Özgür, quase entrara em uma briga com dois presidiários em algum lugar decrépito na Lapa chamado O Novo Mundo, sua vida salva por mera coincidência. "A violência dentro e a violência fora... As pedras de fronteira que separam os dois estão sendo desalojadas uma a uma. A vida e a escrita estão cara a cara, como dois ventríloquos falando de suas barrigas. Cada um constantemente tentando abafar a voz do outro. Não tenho mais certeza de qual é o que ouço. A loucura deve ser assim."

Ela tomou um gole longo e lascivo do guaraná. Quando saciou sua sede, a garrafa estava quase vazia. O açúcar correu para seu cérebro, animando-a. Lambeu os lábios longamente enquanto abria o maço de cigarros embrulhado em celofane.

"Você faz isso?", ela perguntou, indicando o desenho a carvão na mesa de exibição.

Era o rosto de um negro, comprido como se suas bochechas estivessem sendo espremidas, suas maçãs do rosto parecendo as de um esqueleto. Uma narrativa insensível, frágil e dolorosa como uma ferida cicatrizada... Ele parecia ter acabado de sair da prisão. Özgür viu o mesmo rosto na mulher de olhos arregalados e oprimida que ela às vezes observava por trás das janelas sujas do ônibus; mas era incapaz de sentir por aquela mulher a mesma dor que sentia por este retrato.

"Sim, gringa, eu desenhei. Ou não pareço um artista? Toda Santa Teresa sabe que sou artista. E também sou arquiteto."

"Sério? Você fez tudo isso? Este quiosque, esta praça, Santa Teresa?"

Depois de acender o primeiro cigarro, estava agora de excelente humor. Ela poderia encarar todos os tipos de bate-papo sem sentido por horas sob o sol quente. Eduardo atribuiu a estranha pergunta da gringa ao seu português limitado. Ele abaixou a cabeça, cuspiu no chão e murmurou uma coisa ou outra. Talvez a mulher só tivesse um parafuso solto.

De repente, Özgür sentiu que um dos incontáveis enigmas de sua memória havia sido resolvido sem motivo aparente. Naquele dia, quando ela comeu o sanduíche de pasta de azeitona e queijo branco em Beyazıt, ALGO aconteceu. Algo que a feriu profundamente... Uma conversa. No pátio onde fumava um narguilé...

"Você fala inglês, Eduardo?"

"Muito pouco. *I love you*, gringa!"

Özgür mais uma vez respondeu enrugando os lábios, traço que adquirira no Rio, como substituto de um sorriso. Parecia que ela ouvia essa frase em vários idiomas e tons desde a primeira infância, e estava farta disso. Ela já foi uma mulher bonita, mas perdeu sua beleza antes que pudesse aprender a usá-la corretamente.

"Isso realmente é muito pouco."

"Venha para o meu canto. Tenho neve de alta qualidade; podemos nos divertir um pouco juntos."

"Não, obrigada", respondeu Özgür, com a polidez do Velho Mundo que manteve, na íntegra, ao longo dos dois anos em que esteve no Brasil. Ela recebeu inúmeros convites para ir para a cama; do nada, informal, sem cerimônia. Apenas na primeira ocasião, ela ficou chocada com isso; enquanto estava comendo *pizza*, um amigo de um amigo, de cujo nome não conseguia se lembrar, começou a acariciar seu pescoço e lhe dizer que estava morrendo de vontade de fazer amor com ela, e ela engasgou.

Özgür ficou em silêncio quando sentiu a mudança no rosto de Eduardo. Sentiu os olhos de um raptor sobre ela. Observando os olhos de Eduardo ficarem subitamente sérios, ela então viu que o louco de Santa Teresa estava bem ao lado deles. Ele deve ter escapado despercebido, de trás do quiosque, com os passos silenciosos de um leopardo. Seus olhos azuis e fosforescentes estavam fixos em Özgür. Ela estava totalmente imobilizada; na presença de um louco, ficava estupefata, como se estivesse na presença de um rei, pois achava os loucos ainda mais assustadores, mais evasivos do que os mortos.

Março marca o fim da longa estação seca no Rio. É o mês em que começam as chuvas tropicais, chuvas que persistem por dias, noites, semanas. Um enorme exército vestido de preto de repente se espalha no horizonte; aproxima-se a galope, a toda velocidade, e ataca, assim, sem aviso prévio. Desce sobre a cidade como um destino abominável e inescapável, sem sequer dar tempo de fechar as venezianas. Uma chuva furiosa, selvagem, vingativa, insuportável, impiedosa... O céu finalmente se rebela, determinado a erradicar toda essa imundície — as ruas, os arranha-céus, o sangue e a história — e transformar a cidade em um rio, afogando-o no oceano. Devolver estas terras aos seus verdadeiros donos, a selva... Para voltar àqueles dias amados, pré-humanos, quando o tempo ainda não corria... As gotas queimam como ácido;

tiram a cor dos objetos e as lembranças mais antigas da memória. As inundações, cobrindo tudo, inundando tudo... O oceano, cercando a cidade com sua gargalhada terrível e ruidosa; gaivotas enlouquecendo entre a espuma... Ondas gigantescas quebrando no cais arrastam, sem prejuízo, tudo o que está em seu caminho. Palmeiras, lixo, guarda-sóis, bicicletas, bêbados, pessoas de rua...

  Naquela noite era o aniversário dela. O lago no centro da cidade havia inundado e a água estava na altura da cintura, mesmo nas avenidas principais. Os telefones estavam desligados há uma semana. Tarde da noite, ela deparou com uma mesa de pessoas do teatro de rua. Estava tão perturbada que não teve forças para responder até mesmo ao mais sincero dos sorrisos. Estava esperando há horas que a chuva parasse. Seu apartamento ficava a poucos passos de distância, mas ela não tinha vontade de se aventurar do lado de fora, não com as enormes gotas de chuva caindo. Perto do amanhecer, quando os músicos fizeram uma pequena pausa para um "reforço de álcool", um goblin apareceu na entrada do bar, um homem peludo gigantesco com água escorrendo pelas calças que estavam presas por um pedaço de barbante. Seu cheiro forte chegou antes dele, pousando em tudo como uma névoa espessa. Seu braço esquerdo estava encostado em uma coluna, parado ali como a esfinge, pacientemente examinando todos, um por um. Um olhar *impiedoso e impermeável à ilusão, plenamente consciente do verdadeiro significado daquela coisa chamada "alma humana"... Ele tinha uma influência esmagadora de origem desconhecida sobre o grupo, cada membro do qual era uma marionete, as cordas em suas mãos. Cada vez que seus olhares se encontravam, seu corpo estremecia como uma placa cujos pregos estavam sendo arrancados por um vento violento. O louco tinha olhos como ela nunca tinha visto em sua vida; azul cobalto, metálico, com um brilho estranho que quase parecia emitir uma radiação com massa. Duas estrelas brilhando em seu rosto, absorvendo a escuridão; duas supernovas à beira da explosão. Um fogo químico, tanto cáustico quanto gelado, envolveu sua consciência.*

O goblin caminhou até ela, como se ela fosse a última pessoa na terra com quem ele ainda não tivesse acertado contas. Ele a olhava de cima, como um orgulhoso plátano. Ele era muito, muito alto, tinha um nariz como o bico de uma águia e cabelos pretos e lisos, como os de um índio. E enormes círculos negros sob seus olhos... Ele era realmente muito feio, mas mesmo em sua feiura havia uma espécie de magnificência.

"Seus olhos", disse o homem, murmurando então algumas palavras indistintas.

Ela ouviu vagamente o teatral acrobata André dizer, sem sentir necessidade de baixar a voz: "Não se preocupe, gringa, ele é inofensivo." Ela ficou atordoada, em silêncio.

"Meus olhos?", gaguejou em seu português com sotaque.

"Estrangeira?"

Ela gentilmente assentiu. O homem então prosseguiu com um impecável inglês de Oxford.

"Eu disse que seus olhos são como nenhum outro."

Ela estremeceu, como se tentasse se livrar de alguma droga pesada, e indicou a mulata hispano-indiana Tanja, que estava sentada ao lado deles.

"Os olhos dela são mais bonitos que os meus."

"Eu não usei a palavra 'bonito'. Eu disse que eles são incomparáveis." Embora pensasse em perguntar a ele o que ele queria dizer com "incomparáveis", lá dentro, ela permaneceu em transe.

"O Vestido Humano é Ferro forjado. A Forma Humana, uma Forja de fogo. O Rosto Humano, uma fornalha selada."

Naquele momento, ela sentiu a campainha em torno de sua cabeça subir. Isso era exatamente o que estava procurando há meses: Alguém que falasse sua própria língua. Como alguém morrendo de sede no meio do oceano, era isso que estava procurando. Pela primeira vez, ela encontrou o olhar do louco com a mesma intensidade e disse a última linha:

"O Coração Humano, sua Garganta Faminta."

A reação do goblin foi violenta. Ele começou em um discurso longo e complicado. Ele falou sem fôlego; choviam palavras, frases, versos, como balas de uma metralhadora. Uma citação de Macbeth, uma frase famosa de Keats... Essas foram as únicas que reconheceu. Ela não conseguia acompanhar seus pensamentos, ou acompanhar sua cadeia de associações. Não era possível participar do delírio dele — e ela nem tinha certeza se era isso — nem o impedir.

Minutos depois, o dono do bar, Arnaudo, veio correndo com dois garçons, agarrou o homem, que acabara de pular da literatura para a filosofia e falava de Locke, agarrou-o e arrastou-o para fora do bar como uma cabeça de gado. Ela foi capaz de entender apenas uma única frase de seu argumento cheio de palavrões.

"Quero falar com ela, não com você, COM ELA! Apenas conversar..."

Os atores do teatro intervieram para ajudar a mandar o louco embora sem lhe causar muito dano. E assim o horrível milagre, o único presente que ela havia recebido em seu aniversário, desapareceu. Ela se sentiu horrível, um punho de culpa apertando dentro dela; e se refugiou em um cigarro. André passou o braço em volta dela, com a típica indiferença brasileira — eles não podiam ficar parados sem ter as mãos um sobre o outro como pombinhos — e começou a acariciar seu pescoço.

"Você sabe quem ele é, não sabe?"

"Não."

"Senhor de Oliveira."

A única coisa que ela reconheceu foi a palavra "oliveira" — de ramo de oliva.

"Ele foi um dos principais pintores do Brasil na década de 1980. Na verdade, ele é o homem que introduziu a arte brasileira na Europa. Ele morava na Inglaterra. O homem tem cultura, sério."

Ela se viu estupefata mais uma vez, mas não realmente surpresa. Uma noite chata, comum e desolada de repente assumiu significados, sinais e mistérios profundos. Como os motoristas de ônibus que se transformavam em ogans, reis do mundo dos espíritos, nos rituais do Candomblé.

"Então por que ele é assim? Louco? Meio louco?"

"Ele ficou assim depois que voltou para o Brasil. Ele não é louco, quero dizer, não o tempo todo. Ele mora na Mansão Azul ao lado do quiosque. Na verdade, ele é um cara muito agradável quando está com a cabeça no lugar. Ele é incrível. Mas então, como você viu, às vezes o humor o atinge e ele simplesmente se solta nas ruas."

"Ele ainda pinta?"

"Até onde eu sei, ele desistiu. Assim que ele voltou para o Brasil."

Uma discussão acalorada estava agora em andamento. Como aos artistas não foi dado o que lhes é devido no Terceiro Mundo, o desaparecimento dos valores mais importantes etc. Os atores do teatro de rua se identificavam com Oliveira e tentavam reivindicar uma parte de seu gênio — pois foi unânime a opinião de que ele era um gênio. Entretanto, Arnaudo aproximou-se dela e, torcendo as mãos, desculpou-se; ele disse que o lunático nunca havia incomodado ninguém assim antes, e então é por isso que ele não pensou em agir antes. Arnaudo, nascido e criado em Santa Teresa, não sabia quem Oliveira era. Ö. sentiu que estava se afogando, e ela correu para fora do bar, apesar da chuva. Ela correu e correu, a chuva caindo sobre seu rosto e escorrendo por debaixo de suas roupas; ela procurou por Oliveira desesperadamente, o goblin que havia desaparecido na escuridão da tempestade.

Eles se encontraram novamente dois meses depois. Foi em seu Canto Istambul. Oliveira vestia um *smoking* preto; ele parecia tão elegante e inteligente que Özgür foi capaz de reconhecê-lo apenas pelo nariz aquilino. Ao lado dele estava uma mulher se afogando em joias e maquiagem. Claramente, ela pertencia àquela classe social que compunha os principais compradores do mundo da arte. Uma musa altiva meio perdida... Oliveira não respondeu aos olhares persistentes de Özgür; ele definitivamente não se lembrava dela. Aquele brilho estranho e fascinante havia desaparecido de seus olhos; as estrelas foram extintas, agora eram nada mais que corpos celestes mortos.

Seus caminhos se cruzaram várias vezes desde o encontro inicial. Nas ocasiões em que Oliveira era um morador de rua, ou durante aqueles feitiços em que o morador de rua sem nome se livrava de sua concha de Oliveira. Todas as vezes ele apareceu de repente ao lado de Özgür e ficou ali, em silêncio, imóvel, envolvendo-a em uma trágica luz azul que a transformou em um esqueleto. Seus olhos eram como folhas fosforescentes emitindo a única luz em uma selva escura. Ele nunca mais falou com ela, exceto pela única vez em que lhe disse: "Seus olhos." Toda vez, Özgür era dominada por uma sensação incontrolável de inquietação e se distanciava dele o mais rápido que podia.

Mas hoje, ela estava determinada a não fugir, queria falar com Oliveira, conseguir uma resposta dele, custasse o que custasse. Era demais; ela tinha que contar a alguém o que estava acontecendo.

"Não se preocupe, ele é inofensivo." Eduardo quebrou o silêncio. "Ele não faria mal a uma mosca. Ele nem fala. Só fica parado, observando."

Özgür pensou em dizer a ele: "Mas ele falou comigo", mas depois mudou de ideia.

"Você se lembra de mim, não é?" Ela disse, dirigindo-se a ele em inglês. "Sabe, naquela noite, em março passado, você recitou aquela famosa quadra de William Blake. E a última linha, eu..."

Ela se sentia uma completa idiota. O *goblin* nem a ouviu. Assim como Eduardo havia dito, ele apenas ficou olhando, nada mais. Sem ver... Seus olhos estavam cheios de uma adoração quase religiosa. "Devo lembrá-lo de outra mulher. Talvez a mulher que o deixou louco", pensou ela.

"Ele não consegue entender você", interveio Eduardo. "Ele passa semanas sem falar, comer, beber. Eu costumo levá-lo para minha cabana, limpá-lo um pouco. Você sabe, porque ele se caga e tal. Você não acreditaria, mas ele foi um pintor muito famoso. Na Inglaterra..."

Özgür nem mesmo ouviu suas palavras. Estava completamente concentrada em uma coisa, e apenas uma coisa, como um caçador. Na verdade, ela não sabia o que estava procurando. A palavra no escuro, a luz refletida no silêncio? Ou algum outro milagre terrível?

"É uma história contada por um idiota", ela disse lentamente, assumindo total responsabilidade pelas palavras que falou, "cheia de som e fúria..." Ela não seria capaz de dizer a última linha sem seus olhos marejarem.

"Significando... Significando nada..."

Os olhos de Oliveira de repente brilharam como um sol se pondo dentro de si, e uma onda de dor inundou seu rosto, uma escultura em granito.

"Eu realmente deveria levá-lo para minha cabana. Caso contrário, ele será levado por alguma bala perdida."

"Senhor de Oliveira..." Ela estava quase implorando agora. Era a coragem de um jogador de cartas que estava prestes a baixar a sua melhor mão. Uma pessoa não podia estar tão mal ao ponto de esquecer seu próprio nome.

"Senhor de Oliveira. Tem uma coisa que eu quero lhe perguntar. Eu deveria perguntar, não por que você não fala mais, mas talvez por que você falou uma vez."

"..."

"Senhor de Oliveira, por que não pinta mais? Ou por que você começou a pintar? Vendo como você acabaria se refugiando no silêncio...? O que estou realmente tentando entender é o seguinte: agora só consigo respirar quando me sento diante de um pedaço de papel em branco — de certa forma, uma parede vazia e surda na qual me preguei — e o preencho com palavras. As palavras estão vazias. Mas ainda assim elas preenchem minha vida vazia. Na verdade, elas a ultrapassam, a substituem. Você me entende, certo? Eu sinto que você sabe."

Silêncio... Vazio... Oliveira estava simplesmente ausente. Ele não estava ali, nem mesmo aos seus próprios olhos. Özgür de repente começou a gritar.

"Pelo amor de Deus, o que você vê nos meus olhos?"

De seus lábios escapara a última pergunta cuja resposta estava preparada para ouvir. Ela congelou, pressentindo uma profecia horrível.

Como "A MORTE!"; a sentença de morte numa língua diferente da sua língua materna. Mas Oliveira foi misericordioso, pelo menos nos dias em que se refugiou nas ruas. Ele devolveu a Özgür o que ela havia lhe dado: Vazio. Ele não disse uma palavra. Quando Eduardo a agarrou pelo braço e começou a arrastá-la para longe, calmamente ela se submeteu.

"A propósito, achei que você gostaria de saber, o nome dele é Eli", disse uma voz, em português.

"O QUÊ? O QUE VOCÊ DISSE?"

"O nome dele é Eli", repetiu Eduardo, apontando para o louco. O homem estava completamente desprovido de vontade e espírito, e não esboçou nenhuma reação. Ele nem mesmo reagiu ao próprio nome. Seus olhos ainda estavam focados em Özgür.

"Eli, Eli, lama sabakhtani?"

"Desculpe, o quê? O que é isso? Árabe?"

"Algo parecido. É aramaico... As últimas palavras que Jesus falou na cruz. 'Pai, pai, por que me abandonaste?'"

"Isso é tudo bobagem para mim, querida. Eu carrego meus deuses aqui dentro. Bem, até logo, amante. Beijos." A última palavra ele falou em inglês.

Özgür não pôde deixar de lhe dar um sorriso agonizante.

"Apenas tome cuidado para que eles não escapem. É uma época miserável essa em que vivemos. As ruas são muito perigosas! Beijos para você também, Eduardo."

Toda sua coragem, sua força, seu desejo de viver se derreteram como uma vela. Ela estava coberta de suor. Aquele tremor insidioso se instalou no canto de sua boca mais uma vez. Sentiu o olhar turvo do português em suas costas. Então, virou-se. Os favelados foram embora. Ela foi dominada por uma terrível solidão cinza.

Acendeu um cigarro e começou a descer o morro de Santa Teresa. Ela não suportava voltar para casa e ficar sozinha com seu mundo interior confuso. Com o eco do silêncio em seus ouvidos... Ela se sentiu culpada. Tentou explorar Oliveira, prisioneiro do brilho de seu próprio casulo, e buscou em seu espectro de luz, que chegava aos extremos, uma vibração em benefício próprio. Ela havia se tornado muito dependente da palavra, cuja santidade havia sido declarada no Antigo Testamento.

"Pelo amor de Deus, o que você vê nos meus olhos?"

Que ousadia! Como ela poderia ter esquecido que, nesta cidade, todos os tipos de "pensamentos do futuro" se tornavam, a partir do nascimento, apenas medo da morte? O louco lhe ensinou uma lição importante e a sentenciou à vida em vez da morte. Ela se levantou, atordoada por uma realização afiada — seu cigarro havia caído de sua mão. A resposta da qual ela, horrorizada, havia fugido — e que havia perseguido — não foi a morte. Temera que Oliveira visse o reflexo de seus próprios olhos. Que ele sentisse a presença daquelas mesmas estrelas magníficas, da flecha de insanidade com ponta de diamante em seus olhos... "Estou apenas alucinando novamente. Lembro-lhe outra mulher, só isso. Uma mulher de seu passado, uma mulher a quem ele renunciou."

Ela se lembrou, enquanto se abaixava para pegar o cigarro, do porquê o dia em que ela comeu o sanduíche de pasta de azeitona e queijo branco na frente do quiosque turístico em Beyazıt não tinha sido um dia comum. Ela tinha dezoito anos, recém-chegada de suas primeiras férias em Bodrum, e estava conhecendo seu amante. "Tive esta aventura, tão apaixonante, como a chuva de verão", dissera-lhe o jovem. "Achei que tinha me apaixonado por outra pessoa. Mas então eu entendi que, realmente, é você que eu amo."

Um primeiro amor há muito esquecido, ainda dolorido dez longos anos depois... Mas parecia que mesmo em meio a esta dor havia uma espécie de felicidade. Felicidade por ter sido amada, uma vez, por uma única pessoa neste mundo inteiro...

Era quase pôr do sol; ela resolveu descer até a Lapa e se perder na multidão da cidade. Caminhou em direção ao seu próprio Rio particular, ereto e rígido como uma rocha, cheio de derrotas amargas e desamparadas, transbordando com sua própria dor privada. Seus passos eram duros e determinados, como se ela estivesse se preparando para uma terrível batalha; mas seus ombros tristes desmentiam sua coragem de ser uma mera pôser.

O VIAJANTE SEM CAIS

Viajantes, varridos e depositados neste continente abandonado, tão longe do ponto focal da civilização, por quem sabe quais ventos, ressacas, contracorrentes... Velhos nazistas, bandidos, terroristas internacionais, ditadores caídos, marinheiros, aqueles que atravessam o oceano em busca do espectro da liberdade... Aqueles que viajam até os trópicos, perseguindo uma lembrança de amor que amadureceu à perfeição na mente; aqueles em busca de "si mesmos", de Atlântidas perdidas; aqueles que acreditam que a música, a dança e a paixão são o antídoto para todas as dores existenciais... Aqueles que deixam para trás não apenas seus casacos e botas, mas também suas consciências, para perseguir os lombos de crianças baratas... Românticos incuráveis, seus quartos enfeitados com pôsteres de Che, que vão direto para os pântanos, acreditando que não há mais ideais pelos quais vale a pena morrer em seus próprios países... Aqueles que pulam de um horizonte para o outro, sempre almejando os continentes mais distantes... Aqueles que fogem para a América do Sul, a tela em branco sobre a qual podem pintar todos os seus sonhos; América do Sul, esse emaranhado de ilusões, promessas e contos de fadas... E aqueles que caem de joelhos e lambem o chão nos castelos de suas fantasias...

Migrantes do mundo... andarilhos despreocupados, vagabundos noturnos, aves migratórias... Aqueles que caminham sozinhos nesta grande e infinita estrada... Aqueles que sempre viajam com passagens só de ida, aqueles que desaparecem sem deixar rastro, aqueles que passam décadas vivendo numa mala... Aqueles que se recusam a ser amarrados, a se ancorar, a se integrar, que cortam suas raízes por causa de um par de asas incapazes de suportar o peso de seus corpos... Aqueles que têm apreço pelos caminhos desertos, não explorados, pelas vielas, e pelos esquecidos da memória... Aqueles que preferem as asas escuras ao palco brilhante... Aqueles que vão e voltam entre dois portos imaginários, um escondido no passado, o outro no futuro... Viajantes sem cais...

Cartas cada vez menos frequentes e cada vez mais repetitivas, cartões-postais de três centavos, palavras banais de separação cheias de sorrisos feitos sob encomenda, fotografias tiradas com pouca luz, presentes leves em peso e valor, obituários cheios de erros ortográficos espremidos em apenas três linhas... "O nosso consulado anuncia o falecimento de T.M., cidadão da República Turca e portador do passaporte número 011-7143, no dia 24/04 num horrendo acidente de trânsito..."

LONGE

O Céu é um caminho além do Inferno,
O Inferno é um passo além do Céu.

— Provérbio iraniano

À noite ela comprou seu caderno com a frase "Proteja o Meio Ambiente! *Extinction is Forever*". Ela havia sido libertada da delegacia após oito horas de tortura. Logo correu para uma pizzaria no Catete; lá, bebeu copo após copo de suco de mamão, xícara após xícara de café, e fumou quase um maço inteiro de cigarros; então comprou o caderno mais grosso que já tinha visto em sua vida de um vendedor ambulante. No entanto, dias se passariam antes que ela finalmente pudesse escrever na primeira página:

Juro dizer a verdade, toda a verdade e nada além da verdade. Essa é a frase de abertura para quem está na cadeira das testemunhas, ou pelo menos é nos tribunais de Hollywood... Mas um autor que começa com estas palavras deve aceitar a derrota por nocaute desde o início. Mesmo que ele apenas tente escrever sobre fenômenos — fenômenos que estão ansiosos para falar por si mesmos — assim que começar a preencher as linhas à sua frente, ele terá que fazer certas escolhas. O que, quem, qual?

Ele verá que sequências diferentes do mesmo fenômeno dão origem a realidades inteiramente diferentes, como as inúmeras mãos de pôquer produzidas por um baralho de 26. E ele não pode pretender ser objetivo nas escolhas que faz. Preconceito, favoritismo, um ou dois casos de subterfúgio, um pouco de intriga, inevitavelmente, tornam-se parte integrante do empreendimento em questão; todos os medos, expectativas e sentimentos de inutilidade que ele se recusava a admitir, de repente um dia virão à tona e mordiscarão aqui e ali o poder de observação do qual ele tanto se gaba. Pois nenhum ego é pequeno o suficiente para enfrentar sua própria realidade. E se ele conseguiu passar por esta fase sem perder a fé — e neste caso ele deve ser parabenizado por sua coragem e idealismo —, então, uma vez que ele compreende que deve construir, com suas próprias mãos, uma ponte entre palavras e fenômenos, uma ponte sem grade, e fazer tudo sozinho, desde a escolha dos materiais até a iluminação, a humilhação lhe ensinará uma boa e dura lição. Mas a decepção mais horrível que o espera vem ao final de incontáveis dias e noites passados entre quatro paredes, e que acontecem em um oceano de cinzeiros e aprofundam ainda mais uma ruga em sua testa. E o que surge depois de tanto esforço, sacrifício, agonia e turbulência emocional não é a ponte que ele esperava; não é uma ponte para o mundo exterior. À medida que a vida continua fluindo, com toda a sua indiferen-

ça e irreverência, ele descobrirá que conseguiu construir nada mais do que uma torre de observação pessoal no horrível deserto da realidade. Uma torre quebradiça e rangedora, cheia de vento soprando através de suas tábuas de madeira rachadas... No final, todo mundo que pega uma caneta deve lutar com esta pergunta: quanta realidade posso suportar?

Ela não sabia quando decidiu escrever *A cidade vestida de sangue*; na verdade, ela nem pensava que tal "decisão" havia sido tomada. Como tudo de caráter determinante na vida, isso era produto de acidentes, encontros e coincidências inexplicáveis. Nascida de repente, como a paixão, pegou Özgür desprevenida. Sua cabeça pendia de tristeza, como a de uma criança indesejada.

Em seus primeiros meses de dor e medo no Rio, sua imaginação se contorceu, como uma égua que incha e incha, mas simplesmente não consegue parir. A transformação que ela havia rotulado de "Processo: Destruição" estava ocorrendo em um ritmo surpreendentemente rápido. Tudo decaía tão velozmente nos trópicos e revivia com a mesma rapidez. Em uma única noite, uma selva de ervas daninhas, arbustos espinhosos e hera venenosa brotaria, substituindo as árvores derrubadas. O caos substituiria a ordem; pedaços substituíram o todo; a selvageria, o domesticado... Prova perfeita da termodinâmica neste universo, que se diz ser governado pelas leis da física...

Ela mergulhou na paixão com a coragem de uma noviça e a impudência de um alpinista social... Provou a intoxicação da pele, tardiamente descoberta, em abraços mágicos e comuns. Foi seduzida por nomes latinos, ressoando como cordas de violão, sempre terminando em um suave "o" de algodão — Fernando, Roberto, Rodrigo — e a cada vez, apaixonou-se loucamente. Eles facilmente se livraram dela com suas promessas vazias. Com um belo ditado, uma promessa, um sorriso caloroso, uma noite de amor que coagulava sua solidão ao invés de extirpá-la... (E sempre a mesma explicação: Por favor, não leve para o lado pessoal. Isso é o Rio de Janeiro.) "Eu literalmente preciso ver você. Imediatamente, esta noite. Eu sinto tanta falta do seu cheiro. Ligo para você às cinco." Ela ouviu essas mesmas frases em várias sequências e de lábios diferentes inúmeras vezes. Acreditou somente uma vez, a primeira vez que ouviu. Ela saiu do cinema na metade do filme e correu para casa como se fosse um tapete voador para chegar a tempo daquelas cinco horas "encantadas". Por horas, dias, semanas, ficou sentada ao lado do telefone, incapaz de se desvencilhar. Como uma mãe que simplesmente não consegue acreditar que seu filho nasceu morto...

Por não conseguir lidar com as longas noites que se estendiam diante de si como túneis negros, ela se agarrou ao corpo humano, pomada para as piores dores possíveis; ela havia docilmente aceitado que sua frágil sexualidade fosse jogada de um sambista nato para outro. Claro que tinha chegado à conclusão de que ela não era nada além de um acessório em suas histórias de amor; mas estava tão dominada pela solidão que se contentava com o vacilante e frágil sopro de amor presente mesmo nos relacionamentos mais egoístas. Seu poder de imaginação transformou memórias insubstanciais em contos de fadas; e sua memória cada vez mais exagerava o prazer que obtivera e o papel que desempenhara. No auge da arte da autoilusão, ela abraçaria o telefone; e assim que ouvisse aquele atrevido, detestável, insolente som do "Oyyy!" do carioca na secretária eletrônica, ela desligaria o fone, desgostosa.

Esta cidade a renunciou, e ela, por sua vez, renunciou a si mesma. Caso contrário, nunca poderia ter oferecido seu corpo com tanta facilidade e, infelizmente, no vocabulário do amor carioca, foi o corpo que teve a última palavra.

A pessoa com quem havia falado ao telefone há apenas uma hora e concordado em se encontrar aqui a deixou de pé, fazendo-a esperar sozinha por horas na parte mais perigosa do Rio. O segundo cheque de salário que seu chefe lhe deu, com mil e uma desculpas, foi devolvido; depois de pegar três ônibus diferentes ao amanhecer para uma aula, seu aluno desapareceu; quando ela voltava para casa de estômago vazio, ainda sem tomar café da manhã, um menino de rua colocou uma faca em sua garganta e exigiu o dinheiro que restava em sua bolsa. Amigas dela davam em cima de seus amantes na sua frente, e, além disso, esperavam gratidão por ter lhe mostrado os pontos finos da sedução. As ruas do Rio que ela tentou tanto manter longe de seu mundo interior eram muito mais do que podia suportar. Feridas gangrenosas, tiros e sexualidade... A cada passo que dava, outra criança faminta aparecia ao seu lado, deixando-a para enfrentar esta pergunta: Estou perdendo minha humanidade? Ou é isso que significa ser humano?

Os princípios que ela havia desenvolvido, destilados através de sua experiência, foram gastos, cruelmente consumidos e transformados em ferramentas para vários fins. As ilhotas dentro do círculo chamado "eu" escaparam dela, uma a uma, e formaram satélites independentes ao seu redor. A casca vazia deixada para trás foi abandonada à destruição, à decadência e à mercê do tempo, que não tem favoritos.

A princípio, ela se refugiou em sua antiga amiga, a literatura. Procurou um autor que pudesse iluminar a noite que gradualmente se aprofundava dentro dela. Uma autora que pisou em terras selvagens, que teve a lâmina de uma faca pressionada contra sua garganta por uma criança de doze anos — uma mera criança. Özgür agora tinha dois mundos separados. No primeiro mundo, tecido de sonatas para piano e histórias de Tchekhov, aquele oceano largo e profundo chamado vida era retratado em uma fina concha, enquanto o segundo pertencia a decepções amorosas, assassinos de aluguel e à selva voraz, determinada a levar tudo em seu caminho. Por muito tempo, Özgür procurou um autor que trocaria o mundo real, mas irracional, em que ela vivia, por um ficcional, porém mais real.

Finalmente, entendeu que era a única pessoa capaz de dar sentido ao vazio que a cercava. Ninguém mais poderia ajudá-la a decifrar os quebra-cabeças da vida, ou abrir seus cadeados. Ela começou a escrever no dia em que decidiu onde implantar suas forças contra a violência cega da cidade. Nem para ela nem para os outros; ela escrevia simplesmente porque precisava. Como se estivesse cavando uma ferida, ela descascou a crosta, camada por camada, para revelar a realidade do Rio, o sangue escuro cuspido por um paciente com hemorragia interna pingando em cada uma de suas frases.

Ao final de seu quarto mês no Rio, que também marcou seu encontro com sua quarta vítima de assassinato, ela já estava bem ciente de sua mortalidade; já aceitara que seria preciso uma única bala na cabeça, em qualquer rua, para limpá-la desta terra para sempre. Ela entrou na fila para seu próprio pequeno papel em uma tragédia em andamento desde tempos imemoriais, e as palavras lhe foram dadas apenas por empréstimo.

"Você deve ir a terras distantes para entender as pessoas", disse um escritor certa vez. No entanto, Özgür foi capaz de entender os latinos somente depois de deixá-los para trás. "*Não vaie; a realidade está dentro de você."* Talvez ela tivesse que transcender o inferno antes que pudesse renascer. Os trópicos perigosos, infernais e melancólicos...

Ela agora rejeitava o que lhe fora apresentado como "o mundo"; mobilizando todas as suas forças, concentrou-se em um único objetivo — capturar o Rio como uma borboleta em sua mão, e gentilmente aprisioná-lo em suas palavras, sem matá-lo. E assim nasceu *A cidade vestida de sangue*.

III

UMA VIAJANTE NAS RUAS DO RIO

*A*cidade treme febrilmente em um incêndio violento. Como uma enorme baleia encalhada, ela luta para respirar, enterrada sob as nuvens de vapor subindo do asfalto quente. Nem uma única brisa sopra da praia há dias; o calor aumenta à medida que se desloca para o interior, atingindo quarenta e cinco graus no centro da cidade. Cães de rua espumam pela boca; os lábios das crianças de rua estão rachados de desidratação; as fracas ondas do oceano lambem as feridas da cidade. Apenas uma chuva de luz lava as avenidas empoeiradas que cheiram a humanos. O sol tropical cru, afiado e dolorosamente deslumbrante, prolonga as cores em um rastro de neblina.

Tardes insuportáveis... O tempo voa às cegas... As horas se contorcem, gemem, se arrastam. Todos os corpos estão exaustos, pegajosos, saciados até a última célula. Em um sono que a leva até a morte, ela tenta reunir forças para a noite. O dia foi abandonado para apodrecer, como um pedaço de fruta que teve suas partes saborosas consumidas.

Uma turca vagando sem rumo pelas ruas do Rio, refugiada em si mesma, como um caracol que se recolhe em sua concha; temendo a pistola iminente em sua têmpora; sua boca como uma lixa; dando passos trêmulos; grandes anéis de suor em suas axilas... Não há nada em que ela possa confiar, exceto em seus próprios olhos; o horizonte está limitado ao seu olhar. Ela luta para arrastar sua pálida existência para o futuro, que foi revogada aqui nestas terras selvagens.

Ela está constantemente com fome, mas com nojo de comida. Está constantemente cansada, mas com medo de pesadelos. Está constantemente com sede, mas não sabe de quê. Fuma um cigarro atrás do outro e não consegue parar de tremer os lábios.

Ela quer dar o braço para um estranho que passa na rua e implorar por uma palavra. Não por amor, ou romance, ou amizade; apenas uma palavra. Aquela única palavra que daria sentido a todos os sons. A sombra cansada às suas costas, completamente incapaz de crueldade, esbarra nos moradores de rua.

LADEIRA ABAIXO

A realidade é uma ilusão
A qual nós esquecemos que é uma ilusão

— Derrida

Ela estava descendo a perigosa encosta de Santa Teresa e entrando na cidade. A estrada, cujas calçadas provavelmente não eram reparadas há quase quarenta anos, serpenteava como o rio Amazonas, mudando frequentemente de direção com suas curvas fechadas. Os trilhos do bonde, tendo absorvido o calor do dia de verão, brilhavam como facas amarelas recém-afiadas e exalavam um cheiro metálico nauseante. Özgür estava andando pela ferrovia, que estava fora de uso desde que o empresário japonês fora morto. Com as solas gastas, seus sapatos não aguentariam as pedras ásperas de Santa Teresa. Ela deu passos curtos e rápidos, como uma japonesa de quimono, de um trilho para o outro; de vez em quando ela pulava, como se estivesse brincando de amarelinha. Talvez o último lampejo de infância que o Rio ainda não havia tomado dela... Ela definitivamente nunca havia pisado em metal; era um dos inúmeros minirrituais pessoais que desenvolveu para se proteger da má sorte. Até um ano atrás, torcia o nariz para as crenças vazias dos brasileiros, as inúmeras religiões sobre as quais eles causavam estragos, todos os tipos de crenças místicas às quais eles se dedicavam sem querer — astrologia, fortunas, ícones, hinos, feitiços. Nesta cidade, tão caótica que um único deus sozinho nunca poderia resistir, várias religiões, denominações e mitos se misturaram e se entrelaçaram. A Igreja Católica, condenando com uma mão enquanto santificava com a outra; o Protestantismo, uma mancha desbotada na folia dos trópicos; a Igreja Batista, com suas cerimônias de barulho, comoção e samba transbordando pelas ruas; o Candomblé, agora nada mais que magia negra; totens nativos transformados em deuses do mercado de pulgas; o budismo zen, o favorito da classe média da nova geração preocupada com o meio ambiente, tão aberta como é a todos os tipos de buscas de equilíbrio; mórmons que sobem às favelas em trajes de gala, apesar do calor infernal; hare krishnas com suas máscaras de Carnaval... Nesta cidade esbanjadora de vidas, a sobrevivência provou ser impossível para aqueles que não tinham um deus.

A inclinação íngreme impossibilitava a construção e, portanto, a encosta do lado direito do morro era uma selva completamente desordenada. Apenas um mosteiro franciscano, datado do final do século passado, estava escondido atrás de muros altos. Ninguém podia entrar, e as freiras não podiam sair. Os olhos curiosos de Özgür só conseguiram distinguir uma silhueta ou duas, balançando como pinguins atrás da porta de ferro. Do lado esquerdo havia fileiras de casas decrépitas, grandes e pequenas. As vilas, deixadas pelos ricos do pré-golpe que fugiram quando as favelas tomaram Santa Teresa, apodreceram e se desintegraram nesse clima atroz bem antes do tempo. Ervas daninhas, hera, arbustos espinhosos, troncos caídos de árvores haviam tomado conta dos quintais abandonados, e a selva, renascendo a cada dia, envolvendo tudo. O vale de Santa Teresa parecia devastado pela guerra; tudo espalhado, caótico, ferido... Visível aqui e ali entre o verdor selvagem que jorrava por todos os cantos, devorando rapidamente cada centímetro em que podia cravar as garras.

A favelinha era como um polvo branco calcário de mil braços tentando subir em uma gigantesca vasilha verde-escura. Resistindo à gravidade naqueles enormes afloramentos rochosos, nas altas falésias do Rio, onde até a grama temia pisar, as favelas cresciam, dia a dia, como um furúnculo. Um monumento ao desespero, sem saber se era crescimento ou decadência; um organismo com nove vidas, uma gigantesca acumulação de anexos, composta de tanta desesperança, tantas batalhas perdidas, tanta agonia pessoal... Quase todas as inexpressivas e indistintas caixas de fósforos, que mais pareciam camarotes na praia do que residências, haviam sido construídas adjacentes umas às outras. Elas não tinham telhados, e seus terraços interligados forneciam uma estrutura labiríntica que tornava as batidas policiais quase impossíveis. Exceto ao meio-dia, quando estavam sujeitos à fúria do sol, os terraços fervilhavam de gente como formigueiros.

Os homens, que roubavam carros de famílias por profissão, preparavam costeletas de porco e se muniam de latas de cerveja para um churrasco. As mulatas encorpadas penduravam roupas para lavar; adolescentes, tendo participado de todo tipo de sexualidade e violência antes dos quinze anos, renovavam seus alto-falantes para a festa noturna. As crianças da favela, a única espécie na Terra absolutamente impermeável ao sol, pareciam um enxame de abelhas que haviam acabado de sair da colmeia. Uma imagem de um domingo tranquilo, calmo, doméstico o suficiente para enganar facilmente quem não conhece bem o Rio... Mas os tiros continuavam a soar a cada hora, revelando como tudo isso — as costeletas, as redes, as roupas de bebê secando no varal — era efêmero, fazia parte do equilíbrio do Rio. Era apenas uma máscara, vital e respirando; e escondendo as sementes e a memória da morte.

UMA VIAJANTE NA TERRA DOS MORTOS

Os favelados não chamam o lugar onde moram de favela, assim como os índios não se chamam índios. Eles se referem a si mesmos por um termo mais direto e direito — do morro. Em português, morro também significa "estou morrendo". Então é apenas um lapso de língua, ou mais um exemplo do senso de humor diabólico da cidade?

O guia relutante nesta jornada para a Terra dos Mortos era uma beldade negra; católico estrito, militante do partido comunista, estudante universitário, vindo de Vigário Geral (favela famosa pelo horrendo massacre que ali ocorreu em 1994). Maria Theresa os transportou pelo Rio Subterrâneo — a gringa, ardendo de curiosidade, e quatro cariocas que concordaram em fazer essa viagem só porque não conseguiam deixar a gringa ir sozinha, caso contrário, nunca nesta vida teriam pisado em uma favela.

Os labirintos insidiosos, esquálidos e misteriosos da Terra dos Mortos... Uma escalada de uma hora que deixa você sem fôlego enquanto pula de terraço em terraço e de pedra em pedra, passando pelos mais estreitos corredores e túneis... Casas, seu gesso descascando, parecendo rostos cheios de espinhas e furúnculos; cabanas pendendo para um lado, como se derretidas pelo sol; barracas de mato e junco de quem sabe de qual período da civilização... Tudo funcional, abarrotado, amontoado, e tão feio quanto pode ser. Como a decoração de um teatro à beira do colapso; ela cheirava a lama e esgoto, e o fedor de podridão. Ela percebeu um ser inominável nas agonias da morte lá nas sombras. Foram, talvez, as tragédias que foram passadas de geração em geração. Poderes das trevas, pesadelos, medos incapacitantes, batalhas sangrentas, vibrações perigosas...

Uma sentinela a cada cinquenta metros. Os soldados sem patente do Comando Vermelho, os guardas púberes de Hades... Os olhos penetrantes de um enorme urubu sempre às suas costas... Eles usam gordas correntes de ouro e relógios; nos pés, tênis do tamanho de túmulos de bebês; suas camisetas de Bob Marley escondem suas pistolas, as chaves que abrem todas as portas que o mundo bateu em seus rostos. Eles se vestem como estrelas do rap, se movem como gângsteres de Hollywood e morrem como moscas. Sem sequer perceber que eles próprios são os verdadeiros gângsteres, as verdadeiras pessoas do gueto.

Eles haviam sido convidados para a festa de aniversário de quinze anos da filha de uma família modesta e piedosa da classe trabalhadora. A jovem, já parecendo mãe de dois filhos, estava envolta em suas roupas de comunhão de cortar o coração, brancas como a neve. Um vestido de renda com saia bufante e mangas bufantes, sapatos pontudos de linho de sola alta, coroa de flores falsas etc... Mulheres vestidas em uma mistura de cores vivas, como se tivessem sido mergulhadas em baldes de tinta, estavam reunidas em torno de um bolo decorado com cisnes kitsch e rosas bregas, posando para o fotógrafo, que havia sido contratado para esta noite, que não poupou sacrifícios. Alguns esbofetearam seus sorrisos mais ingênuos, mais imbecis, enquanto outros saíram da máscara de felicidade que foram obrigados a usar ao longo da vida, e lá na frente da câmera chegaram seus solenes, de coração pesado, exaustos eus, seus verdadeiros eus. Um mundo surpreendentemente familiar, como aqueles casamentos urbanos dos antigos filmes turcos... Uma guitarra em vez de tambor e trompa, o samba em vez de çiftetelli... Cerca de duzentos convidados sardinhados no grande terraço do tamanho de uma sala de estar, lotado de bandejas de refrescos e doces como se suas vidas dependessem disso. Um privilégio, porém, foi concedido à gringa, que recebeu um banquinho e uma lata de refrigerante. Ela se sentia como um papagaio gigante que ainda não tinha aprendido a falar; empoleirada em seu banquinho, ela tomava goles microscópicos de seu refrigerante, que era tão quente quanto a água de um banho turco, e tentava suportar o calor e os corpos suados que a pressionavam. A certa altura, sabendo muito bem que perderia a mina de ouro que era seu lugar no canto, ela pediu licença a dois gângsteres no topo da escada e mergulhou dentro de casa, apenas para descobrir que estava ainda mais lotada do que o terraço. Mulheres de todas as idades agrupavam-se em grupos de dez ou quinze nos quartos quase sem janelas do tamanho de quartos de monges, olhando para telas em preto e branco sob a luz crua de lâmpadas nuas. Não havia água corrente; a eletricidade era roubada; papelão e linóleo estavam colados em todas as janelas e havia uma televisão em cada quarto. Nem os limites da casa eram claros, nem suas portas, nem quem entrava e saía. Nas favelas reinava um estilo de vida que tornava inválidos conceitos como "propriedade" e "vida privada" e tabus como "incesto"; mas, mais do que uma comuna, parecia uma ala de prisão feminina. Quando a famigerada convidada de honra pegou um salgadinho de uma das travessas na cozinha, ela recebeu olhares duros, uma firme censura e palavrões abertos. A burguesa insolente, reivindicando todos os objetos da terra, tocando, agarrando e dedilhando tudo em que pode colocar as mãos!

Antes da meia-noite, o pequeno grupo foi instruído a deixar a favela imediatamente. Claro que não havia explicação, mas a notícia na cidade era que um banho de sangue estava em andamento na Boca de Fumo, onde acontecia o tráfico de cocaína.

Imagem final da Terra dos Mortos: O grupo, abandonado por seu guia no meio do caminho, fica horrorizado e procura desesperadamente uma saída; eles se jogam morro abaixo e *correm com todas as suas forças. Eles mergulham em ruas sem saída, escalam paredes, pulam de telhado em telhado. Alguns tropeçam e caem nas ruas acidentadas, alguns gritam, alguns lembram sua masculinidade e amaldiçoam sua covardia... Cada um se preocupa em se salvar sozinho; ninguém ajuda ninguém; ninguém encoraja ninguém, ninguém se vira para cuidar dos outros. Uma salva de semiautomáticas ressoa na subida. Uma Eurídice sem fôlego, encharcada como se tivesse sido lavada com uma mangueira, fica tão surpresa que esquece de ter medo; com todas as suas forças, ela tenta alcançá-la; ela cai duas vezes e, insensível à dor no tornozelo inchado, pula de pedra em pedra como um pardal de asas quebradas. Ela está prestes a se mijar.*

Desce, ladeira abaixo, desce como se ela nunca fosse parar... Não pare, nem por um segundo, não perca o foco, reúna todas as suas forças! Não volte a cair e, faça o que fizer, não olhe para trás!

Em seu romance, ela havia registrado, fielmente aos fatos reais, um relato da viagem que fizera na primavera de 1994, até a imensa favela de Vigário Geral, onde policiais mascarados massacraram duas casas cheias de gente; isso é verdade, exceto por um pequeno detalhe. Na verdade, ela não tinha ouvido nenhum tiro naquela noite; só mais tarde recebeu a notícia da luta na

Boca de Fuma. Infelizmente, todos esses horríveis pesadelos acabam se tornando realidade! A manchete de notícia na página de violência no domingo passado: "10 mortos em Vigário Geral. Guerra de cocaína destrói festa de aniversário."

Um outro exemplo dessas curvas em que seu romance, em vez de perseguir a verdade sem fôlego, como costuma fazer, de repente corre à frente para assumir a liderança. Para ela, era perfeitamente natural que, depois de transferi--las para o papel, se recordasse de suas memórias exatamente como as havia escrito, ou que a linguagem substituísse um pedaço de realidade que já havia ocorrido. A memória humana, muito menos a memória de um escritor, não possui um pingo dessa virtude chamada honestidade. Mas o que era realmente assustador era a presciência de suas imaginações. E como elas reivindicavam algum tipo de direito sobre o futuro... O verdadeiro Rio de Janeiro e *A cidade vestida de sangue* se fundiram, tanto no tempo como no espaço; eles haviam se tornado um todo unificado, insolúvel, não analisável, tanto no futuro quanto no passado. E o labirinto, com todos os seus poços, pêndulos e salas secretas, através dos quais ela tateou e apalpou, era tanto interno quanto externo.

A certa altura, ela se esforçou para escrever um livro cem por cento autobiográfico. Ou, como certa vez se referiu a isso em um dia particularmente sarcástico, "um registro de eventos traumáticos". Talvez fosse sua tentativa de derrubar um herói trágico, um orgulhoso monumento da humanidade, de seu pedestal... Seu objetivo: polir essas memórias, congeladas na placenta de sua imaginação, com uma camada de poetismo. No entanto, o que emergiu foi uma história completamente diferente; uma história que, mesmo que tivesse "acontecido com ela", não era algo que "vivenciasse" de verdade, mas uma história que pertencia a outra mulher, a Ö. Aquela mulher intratável cujo progresso ela monitorava com tanto cuidado, como uma mãe ouvindo o bebê chutar em seu ventre, estava ficando cada vez mais independente a cada dia que passava e continuava tentando assumir o papel do próprio autor; ela estava usurpando o centro do palco. Era como se a alma sem-sal de Özgür tivesse sido comparada a um prisma e, na forma de Ö., finalmente radiava todas as cores do espectro, até mesmo as mais puras, o branco e o preto mais prístinos. Como se ela fosse mais concreta, mais real, mais humana que Özgür. Mais viva, mesmo depois de ser assassinada por uma única bala perto da favela Morro Azul no final do romance. E assim, no final do livro, uma vez que ela ficasse forte o suficiente, se libertaria, empurrando Özgür para as margens e ultrapassando-a completamente. Ela partiria para as terras selvagens de seu próprio país — arrastando sua criadora atrás de si, como uma sombra...

Caminhou silenciosamente morro acima por algum tempo, começando a suar como alcatrão sob as luzes afiadas, que mordiam sua nuca. Rapidamente gastou o pouco de energia que o guaraná havia fornecido. Sua cabeça começou a girar, e ela ficou nauseada antes mesmo de chegar à metade do morro. O asfalto estava derretendo sob seus pés. Há dois anos, em Copacabana, ela tentara nadar no oceano pela primeira — e última — vez. Imersa em água gelada até a cintura, esperou que a primeira onda a atingisse. Aquela enorme onda do mar, talvez com um metro de altura, que rapidamente se ergueu diante dela como uma parede de aço, causava estragos à medida que se aproximava... Ela ficou firme como uma rocha, não desmoronou. Não por muito tempo, não até que a onda começou a recuar, levando consigo o chão abaixo de seus pés. Então, foi atingida por outra onda, um chute feroz no rosto, e depois outra, antes que tivesse a chance de se recompor... E era exatamente assim que se sentia agora; o mundo estava recuando abaixo de seus pés. E ela sabia por quê: FOME. Ela não tinha comido nada nas últimas vinte e quatro horas.

Rapidamente explorou seus arredores antes de deslizar para o jardim da longa mansão abandonada pertencente à Sociedade para a Proteção de Crianças de Rua. Ela deu alguns passos no mato espesso e então se encostou em uma área da rua isolada e invisível. Ela tirou o espelho de mão de dentro da bolsa, a sua nota de cinco reais, e o pacotinho de cocaína. Enxugou as mãos úmidas nas calças; com dedos hábeis ela fez duas linhas finas de pó no espelho; inclinou-se para seu próprio reflexo, como um elefante se curvando para beber água de um lago, um baú de papel pendurado em seu nariz. Enviou uma dose de falsa energia pura, não diluída em seu corpo, que estava esgotado de força ou desejo de caminhar mais. A cocaína queimou suas passagens nasais como se tivesse acabado de inalar ácido nítrico; ela apertou o nariz com toda a força para se certificar de que nem um pedaço de seu amigo peso-pena fosse desperdiçado.

Ela não tinha dinheiro suficiente para ser viciada em cocaína e, além disso, não gostava muito disso. No Rio, despido de todos os mitos associados, a droga tornou-se um objeto de consumo igualmente acessível a todos. Era mais fácil obter drogas do que pão. Todos os cariocas usavam — de empregados a empresários, de professores universitários a chefes de polícia. As drogas mantinham as favelas à tona, revigoravam a economia da cidade e pagavam os custos insondáveis do Carnaval. Por muito tempo, evitou a cocaína como uma praga. Ela era propensa a todos os tipos de vícios, especialmente quando estava sozinha e ociosa. Com o tempo, sua força de vontade enfraqueceu e sua indiferença em relação a si mesma aumentou a tal ponto que nada mais a assustava. Ela experimentou a transformação milagrosa que esperava ser apenas uma vez, apenas a primeira vez que tentou. De repente, tornou-se leve como uma pena; havia se livrado de sua infelicidade crônica e da pesada armadura de sua personalidade austera. À meia-noite, lançou-se na tarefa de faxina, que vinha adiando há meses, e terminou em meia hora.

Ainda sentindo a pressa, ela então começou a olhar todos os jornais velhos, cartas e pedaços de papel espalhados, a organizar sua estante, a matar as sanguessugas em sua banheira e, finalmente, a se vestir com elegância antes de sair correndo de seu apartamento. Ela pulou de bar em bar até o sol raiar, cantando e dançando os ritmos mais desafiadores, do samba até o axé, e se enroscando com um mulato de olhos azuis enquanto esperava na fila interminável do banheiro do Sobrenatural.

Agora, usava aquele elixir alado dos Andes apenas com o propósito de lidar com os efeitos extenuantes da fome. Já fazia algum tempo que ela não se dava muito bem com drogas ou álcool. E não estava preocupada em escapar do mundo real — se tal coisa realmente existisse. Ao contrário, ela tentava desesperadamente se aproximar dele. Diante dela estava uma Matrioska, inúmeras bonecas aninhadas uma dentro da outra; mas por mais que tentasse, ela simplesmente não conseguia alcançar aquela última no fundo, a essência, o núcleo da realidade.

A guerra no alto de Santa Teresa recomeça. Os gângsteres devem ter acordado de suas sestas e voltado ao trabalho, resmungando, xingando e grogues. Uma rodada de balas, silêncio, outra rodada. Balas que transformam o rosto sereno da tarde em um rosto marcado por cicatrizes... "Como eu, esses caras provavelmente não têm paciência para a atmosfera familiar dos domingos", pensou Özgür, sorrindo sob uma auréola sintética de felicidade. "Aí está, o mundo real! Em toda a sua magnificência, desdobrando-se como um leque diante dos meus olhos... Semiautomáticas, conversas sem sentido, lunáticos... Uma procissão de tochas de bobos!" De repente, ela se dobrou, como se tivesse acabado de receber um chute rápido no estômago. Aquela náusea horrível, o presente mais tenaz que esta cidade generosa lhe dera...

 Ela havia conseguido passar por outro Carnaval do Rio sem ser pisoteada, assaltada, esfaqueada ou estuprada. Por dez dias e noites, dominados por um caso de loucura delirante, os moradores locais, juntamente com alguns milhares de turistas pasmos com a chuva de peitos e bundas, encenaram a orgia mais grandiosa do mundo. Özgür também havia sido pega pela forte maré contagiante de eventos. No calor de quarenta graus, os blocos (multidão de mascarados e desmascarados fazendo o inferno, fazendo amor, bebendo, dançando e seguindo músicos empoleirados nas traseiras de caminhões) tinham cercado a cidade como uma multidão de saqueadores, e ela havia seguido de um bloco para o outro. Abriu espaço para um corpo entre os milhares de corpos molhados saltando sobre ela; havia arriscado a própria vida apenas para se contorcer ao som do samba e torceu o tornozelo enquanto pulava ao som do frevo; não protestou contra os beliscões em sua bunda e só procurou ajuda da polícia duas ou três vezes, quando as coisas realmente saíram do controle. Ela também pegou alguns dos milhões de camisinhas que estavam sendo distribuídos em frente ao sambódromo

— lembranças do Rio — e assistiu a cenas que superaram qualquer coisa que sua imaginação bem-comportada poderia ter conjurado, como se estivesse espiando uma série de gatos acasalando... Ela foi puxada para aquele campo magnético e vertiginoso da sexualidade; por dez dias e dez noites, foi arremessada de um extremo ao outro em um estado de semi-insanidade. Já estava sem fôlego, encharcada e atordoada, como um passarinho que caiu em um pântano... O sorriso de cadáver congelado que colocou no rosto no lugar de uma máscara de Carnaval; uma lata de refrigerante e um maço de cigarros sempre na mão; as chaves presas à calcinha com alfinetes de segurança; carente de identidade, força de vontade, ego... E quando, por fim, não aguentou mais a solidão do Carnaval, uma solidão como nenhuma outra, jogou-se no colo mais próximo. Indiscriminadamente... Ao longo de todos aqueles dias e noites que passara morrendo de medo de ser atacada, pegar uma doença ou perder a cabeça, ela não conseguiu se convencer, nem uma vez, de que era feliz; ou mais precisamente, que isso era felicidade. Com uma exceção, apenas um breve momento... Aquele momento indescritível, inexprimível, irrepetível, ali naquela pilha de lembranças que a memória deveria ter imediatamente relegado para a lixeira...

Na última noite, ela cedeu. Incapaz de encontrar um canto quieto para chorar no meio daquela enorme e tortuosa cidade, correu para casa, onde sofreu ataques nervosos durante horas, e vomitou e vomitou até de manhã.

CARNAVAL

O Rio havia se tornado uma máscara sem rosto, um enorme subconsciente coberto de pó de ouro. A cidade tremia, estremecia, desmoronava ao redor, como se uma enorme mina estivesse desmoronando sob ela. Corpos todos movendo-se ao mesmo ritmo, único; com seus beijos ásperos, o súbito movimento e refluxo dos dançarinos, a batida dos atabaques, o balanço sincrônico de corpos entrelaçados como hera.

Imagine que você está subindo em direção ao cume de uma serra; justamente quando você pensa que o alcançou, o Rio, com seu dedo longo, elegante e impiedoso, aponta para outro pico de loucura.

O mundo real e o mundo dos sonhos são invertidos. Mulheres em roupas masculinas, homens em roupas femininas; travestis em meia arrastão, fio dental e salto agulha usando máscaras do Ronald Reagan e de Margaret Thatcher; vestidos de lantejoulas brilhando na noite escura, penas de papagaio, confetes, fogos de artifício; pênis falsos, seios inflados, fetiches brilhantes; polícia distribuindo cocaína na esquina e bandidos em patrulha; donas de casa imitando prostitutas e prostitutas imitando freiras; corpos fosforescentes tingidos em um espectro de cores brilhantes, mergulhados em dourado, caiados de branco. Oficiais do exército nazista, Júlio César, faraós, titãs, Apolo e Dioniso, máscaras de touro, máscaras de urso, deuses africanos, divindades amazônicas, palhaços, bufões, acrobatas e, acima de tudo, Carmens, Afrodites, Cleópatras, mulheres gato, mulheres pantera e mulheres tigre... Adolf Hitler e um travesti mulato de meia-calça dançando a abertura de uma luta amorosa. Tutancâmon se dá bem com Marilyn Monroe. Um John Wayne sem fôlego e pernas bambas correndo atrás de maçãs do amor. Desejo, levado aos extremos apenas para se transformar em uma paródia de si mesmo... Trajes que parecem ocos, corpos que parecem decoração de parede, máscaras sem rostos por trás... Mas ainda havia uma momento, mesmo nessa terra onde todos os desejos eram permitidos... Um momento em que todas as máscaras começavam a respirar, e os dedos que tocavam a tela podiam sentir a pele humana nua...

O desfile no sambódromo está prestes a começar. A respiração fica suspensa enquanto todos esperam pela bateria. Os quinhentos bateristas da primeira escola de samba estão reunindo forças para o desfile de mais de uma hora; sacos de cocaína por quilo são passados de pessoa para pessoa. São todos negros, todos da favela; eles não são nem mais livres nem mais ricos do que seus avós que foram trazidos para o "Novo Mundo" em navios negreiros. Agora é só na batida de seu pulso que eles são capazes de capturar a vasta savana que existe em algum lugar além do horizonte, suas *danças de guerra, traindo seus deuses negros com as cruzes que carregam no pescoço... E a música começa...*

Mil braços, mil braços endurecidos pelo sol implacável e o chicote ainda mais implacável, começam a bater os tambores de uma só vez. O som da bateria pode ser ouvido a quilômetros de distância; ela se aproxima cada vez mais, e finalmente cresce em proporções infinitas e aperta a noite em seu punho. Ela sobe pelos joelhos e quadris; pega nas mãos; envolve os lábios; e explode no âmago do próprio ego. Centenas de milhares de pessoas lotadas no sambódromo pulam de pé e se entrelaçam. Alguns gritam, alguns berram a plenos pulmões, alguns ficam em êxtase, alguns chutam e batem os pés... Como uma onda subindo das profundezas do oceano, uma força poderosa é exalada pelas centenas de milhares agora transformadas em pura carne, o centro de gravidade de um corpo. A força impulsiva da vida, mais antiga que a história, mais antiga que a palavra... O escravo está conquistando o senhor. E a dança começa. "Gritaria, o ritmo da bateria, danças, danças e mais danças!"

Se existe um ápice da loucura, com certeza é esse. A existência, minguando à medida que cresce, para se desintegrar no seio do nada. Uma espécie de obliteração subordinando até mesmo a morte... E ela, infelizmente, é a última descida; aquela que destrói a si mesma junto com tudo a sua volta.

No jardim isolado que ela chamava de seu "recanto tropical", encostou a cabeça nos joelhos e lutou contra a náusea, mordendo as mãos até quase sangrar. Era como se balas estivessem rasgando sua cabeça. A cocaína não tinha ajudado seus nervos tensos — tão tensos que estavam prestes a explodir. "Eu preciso de um pouco de paz de espírito, um pouco de paz de espírito e de esquecimento. O som de tiros me separa de mim mesma; os tiros e aquele romance amaldiçoado." Ela estava na selva, aquele canto do mundo mais distante de qualquer tipo de paz de espírito. Centenas de insetos, moscas e formigas caíram sobre ela; pareciam esperar que a massa de carne úmida, de cheiro estranho e imóvel se desintegrasse a qualquer momento. Ela estava cercada por plantas entrelaçadas, que davam de ombro com ela, amontoadas. Sempre subindo em direção ao sol, sempre cada vez mais altas, com uma sede raivosa de luz; em estado de briga constante, sempre na garganta uma das outras, parecendo explodir por dentro enquanto davam vazão à sua frustração... Cada folha era a encarnação de outra batalha, como cada bala e cada palavra... O sinal de outra morte, uma nova máscara...

Algumas orquídeas levemente murchas chamaram sua atenção. Seis orquídeas estavam alinhadas em forma de lua crescente em torno de um charuto meio fumado. MACUMBA! Magia negra! Aquelas matas cariocas ainda permeáveis ao homem estavam cheias de oferendas aos deuses do candomblé: uma garrafa de cachaça meio bebida ou um charuto meio fumado cercado de seis ou doze flores. Às vezes, uma panela meio cheia de carne ou peixe. Ela não sabia o significado por trás do estado incompleto das oferendas; talvez a ideia fosse mostrar que o mundo pertencia tanto aos deuses quanto aos mortais, dividido perfeitamente ao meio. Lembrou-se de que o Comando Vermelho descia das favelas à noite para enterrar os mortos em quintais abandonados, e o pensamento de repente a fez sentir-se inquieta, embora nem os cadáveres nem a magia negra pudessem lhe fazer mal. Como as tribos selvagens, ela não se ofendeu em compartilhar a terra com os mortos; na verdade, sentia-se tão a par dos segredos dos mortos quanto os próprios magos. No entanto, ela saltou para seus pés. Mais pela ansiedade de sentir medo do que pelo medo em si, ela rapidamente pegou sua bolsa e começou a correr em direção à parede. Ficou bem na frente da parede antes de dar um salto ostensivo e cair em uma gargalhada ruidosa de seus medos infundados. Uma alegria roubada desde a infância! Quando ela tinha oito ou nove anos — vinte longos anos atrás! — ela e seus amigos da vizinhança costumavam realizar "expedições piratas" às antigas vilas de madeira em Göztepe; eles voltariam dos prédios em ruínas, há muito caídos sob o domínio do sultanato dos ratos, com seus despojos. Uma vez, eles foram pegos por um vigia. Gritando, mãos e braços cobertos de arranhões e hematomas, meio bêbados pela emoção de finalmente se tornarem verdadeiros piratas, eles quebraram as janelas do segundo andar e pularam para os jardins abaixo. Apenas uma pessoa foi pega naquele dia. A pequena Özgür, com sangue escorrendo dos joelhos e tornozelos, foi capturada enquanto lutava para escalar o muro do jardim. Ela levou uma surra real, mas não sentiu nenhuma dor. Seu castigo não apenas intensificou o prazer de ter cometido um crime, mas a elevou à categoria de mártir.

Parou no alto da escada que descia para a Lapa e olhou uma última vez o vale de Santa Teresa, como Robinson Crusoé se despedindo de sua ilha. Ela tirou uma fotografia mental dos trópicos, uma que ela poderia levar consigo e ampliar quando quisesse. Árvores cujos troncos se tornaram invisíveis, escondidos por cachos de folhas; gramíneas petulantes, exuberantes e densas e cheias de seiva; hera rastejando sobre tudo em que pudesse afundar suas garras; bananeiras roliças e pequenas; imponentes mangueiras, suas copas acariciando o céu; jaca volumosa, o plátano dos trópicos; palmas tagarelas, seus lábios em constante movimento murmurante... A rara árvore estrangeira que pensa estar nos Alpes, seu esqueleto esguio visível atrás de folhas doentes... Como uma bailarina prendendo a respiração, lutando para manter o equilíbrio durante uma pose extraordinariamente difícil. Todos os tons de verde: esmeralda, pinho, pistache, mar, maçã, jade, crisólita... A paisagem diante dela era completamente diferente da natureza insular, reservada e abatida dos climas do norte. Aqui, a natureza era tão exuberante, tão vigorosa e chamativa, tão vibrante, que parecia estar visivelmente respirando. Não estava posando para algum retrato feito pelo homem. Ainda não havia sido esgotada ou transformada em um *playground* sagrado de alguma deusa. Nunca fizera parte de nenhum sistema estabelecido. Era independente e obstinada; em estado de revolta constante, recusando-se a fazer concessões, avançando como um incêndio florestal que certamente se alastrará caso cortem sua essência.

"Se eu pudesse absorver todas essas impressões antes de transformá-las em símbolos. Se ao menos eu pudesse evitar imputar minhas próprias emoções à natureza, a qual não tem emoção alguma." Naquele momento, ela se assustou com o som estranho de alguém assobiando, como se um enorme pássaro tropical tivesse acabado de abrir suas asas logo atrás dela. Relutantemente, ela se virou. Não havia uma alma à vista na colina, que se dissolvia em um borrão líquido diante de seus olhos. Ela estava embaixo de uma jaqueira; tal som não poderia ter vindo das frutas de casca de aço do tamanho de uma bola de rúgbi a seus pés. Ela provou jaca uma vez. Ao primeiro contato de sua língua, pensou que tinha gosto de ameixa; mas, então, quando ela a rasgou com os dentes, liberou um suco amargo, pungente, com cheiro de urina. Essa fruta era a candidata perfeita para ser símbolo de tantas coisas; amor, vida, realidade...

"Oi! Oi! Aqui!"

Seu coração saltou em sua boca. Até então, ela não havia notado a menina negra de cinco ou seis anos sentada na parede do outro lado do matagal. A garota era muito fofa, pequenininha e preta como um senegalês. Seu cabelo estava trançado, os cachos rebeldes e inquietos domados em centenas de tranças africanas finas. Usava maquiagem, um batom cor de tijolo que havia aplicado tão generosamente nos lábios e ao redor de seus lábios que fazia sua boca parecer uma ferida aberta.

"Olha! Olha aqui! Eu sou uma goleira."

Ela acenou alegremente com as mãos vestidas com luvas de couro preto quase metade do tamanho dela. Por alguns momentos, Özgür ficou sem palavras. "Essas não são luvas de goleiro. São luvas de boxe", finalmente respondeu.

A garotinha fez uma careta e esticou o lábio inferior. Ela não era uma daquelas que desistem facilmente.

"Essas são as luvas do Pelé."

"Isso mesmo. Mas Pelé não é boxeador?"

A garota deu a Özgür um olhar curioso, examinando-a da cabeça aos dedos do pé. Havia algo estranho nesta mulher, na maneira como ela falava, na aparência dela... Alguma diferença que ela simplesmente não conseguia identificar...

"Você é muito branca", disse ela depois de um tempo, obviamente animada por ter encontrado uma explicação.

Por um momento fugaz, Özgür pensou em ensinar à garota a palavra "gringa", mas rapidamente mudou de ideia. Em vez disso, ela apenas sorriu.

"Você gosta de preto?", a menina perguntou.

"O que é 'preto'?"

Claro que ela sabia muito bem que a palavra preto significava tanto um homem preto como a cor preta, e negro. Desde que começou a ganhar a vida com aulas particulares, ela agiu de acordo com esse desejo irreprimível de fazer perguntas miseravelmente simples, comportamento que inevitavelmente tornava seus interlocutores céticos sobre sua saúde mental. Não que ela estivesse sendo malcriada, apenas estava obcecada em analisar conceitos até seus significados mais básicos. Mas eis que a garota não ficou perplexa com essa pergunta, como seus alunos teriam ficado; ela rebateu instantaneamente.

"Preto é a minha cor."

Özgür acenou com a cabeça em concordância.

"Sim, eu gosto de preto. E você, gosta da minha cor? Branco?"

A garota preferiu o silêncio à mentira. Por vários minutos, ela olhou para suas luvas, como se desejasse rastejar para dentro delas e adormecer. Então, de repente, pulou da parede e desapareceu no mato.

"Ei, pequena! Você esqueceu suas luvas! Ei, onde você foi? Eu tenho suas luvas aqui!"

Ignorando a voz interior que instintivamente lhe dizia para se virar e ir embora, Özgür caminhou até a parede. Assim como ela havia pensado, a garota havia desaparecido, como se a terra a tivesse engolido. Isso foi realmente muito estranho, muito estranho mesmo! Talvez um mau presságio. Ela jogou as luvas no chão como um casal de ratos mortos. Sentiu-se tonta e enjoada novamente, e seus lábios tremiam.

"Deus, por favor, deixe-me passar por este dia inteiro!"

Lentamente, ela começou a descer as escadas. Mal conseguia manter o equilíbrio, como se estivesse tentando permanecer de pé em uma balsa sendo levada por uma corrente espontânea. Apenas alguns minutos se passaram antes que ela fizesse uma pausa, fechasse os olhos e repetisse sua oração três vezes. Então, antes que tivesse a chance de se afastar, ela se viu agachada bem ali no meio da escada, onde vomitou tudo, até a última gota que havia entrado em seu estômago naquele dia.

UMa Viajante nas Ruas do Rio – os moradores de rua do Rio

Cenas das ruas do Rio: uma menina negra de dezoito anos, esmalte preto nas unhas das mãos e dos pés, morando com os três filhos na entrada de um supermercado em Botafogo, em uma caixa de papelão, com uma cama de esponja. Uma menina de nove anos lavando o cabelo de sua boneca no parque da Cinelândia... Ela não fala com ninguém desde que foi resgatada das garras da máfia da prostituição; seus olhos estão turvos, como se alguém tivesse puxado cortinas de veludo sobre eles... Um estranho pássaro, encontrado apenas no Rio, está empoleirado nos galhos de uma mangueira no Flamengo: ninguém sabe quem colocou esta aberração, faltando a metade inferior do corpo, lá em cima; ele fala com as mãos e joga xadrez com peças invisíveis. O homem com gangrena balançando sua lata enquanto pede dinheiro na Lapa... Ele canta canções, recita orações e hinos, balançando os ombros em uma dança só sua, há muito enlouquecido pela dor. Aqueles que passam por ele tapam o nariz para evitar o cheiro fétido de sua perna.

 Os moradores de rua são a vegetação natural das ruas do Rio, que são cobertas de poeira ou poças de lama na altura dos joelhos, dependendo da estação. Eles estão espalhados por toda parte, desde as avenidas repletas de palmeiras da turística Copacabana até as favelas miseráveis e afastadas, se instalando nas praças, viadutos e entradas de igrejas, hotéis, restaurantes e blocos de apartamentos, como bolinhas de gude que algum viajante, ao andar pelas ruas do Rio, havia tirado de sua enorme bolsa e espalhado ao acaso. Milhares, centenas de milhares de bolas de gude lançadas além da esfera da humanidade com a força centrífuga da roda da civilização... Milhares, centenas de milhares de pessoas...

 Ghouls — demônios necrófagos — sem mãos e sem braços, com pernas de elefante, pernas de pau, suas cabeças enroladas em bandagens, parecendo que acabaram de sair de Auschwitz; adolescentes brutais e atrofiados correndo em gangues; meninas meio crescidas que são estupradas em cada maldito dia de sua vida dada por Deus; mulheres grávidas de asas quebradas lidando sozinhas com a fome por dois; imbecis envoltos em trapos que como gambás marcam *seus territórios com as nuvens odoríferas que se estendem em torno deles por metros; mendigos infantis cobertos de feridas de guerra, feridas de fogo e feridas de tortura; crianças em idade escolar primária com tuberculose, tracoma, aids... Lunáticos delirantes que falam sozinhos, caem na gargalhada, se masturbam, lançam palavrões — merecidos, definitivamente bem merecidos — contra a humanidade representada pelos que passam... Os idosos, agarrando-se a este mundo com seus dentes podres, enquanto todos os outros esperam ansiosamente que eles virem pó o mais rápido possível... Os lordes das sociedades sem teto divididos em castas: sequestradoras relâmpago, ladrões, batedores de carteira, meninos pipas, informantes... A classe média "honrosamente trabalhadora" vendendo ingressos, fichas, doce de coco, refrigerante de guaraná e batida atrás de balcões de segunda mão... Famílias ligadas por laços incestuais, entrelaçadas como a hera, em que nem o número, nem as idades, nem a filiação de seus filhos são uma certeza... Mendigos lutando para disputar todos os dias, horas, minutos que podem deste Rio de Janeiro miserável...*

E depois há aqueles que estão tão acabados que não são mais capazes nem de mendigar. À beira da fome, chegaram ao estado de existência mais puro e simples: mera matéria viva... Dormem constantemente, dia e noite, estendidos na calçada, ou reclinados em poças de lama, no asfalto escaldante. Eles dormem constantemente, totalmente imunes ao ataque das chuvas tropicais que continuam inabaláveis por semanas, o sol letal, os ônibus, a polícia e as pessoas que passam por cima deles, que esbarram em suas pernas, que às vezes xingam e às vezes deixam um pedaço de pão bolorento no chão. É um sono que vai ficando cada vez mais profundo, pesado, coagulado; uma viagem lenta e irregular até a fronteira da Terra dos Mortos... Suas mortes são sempre silenciosas, como uma vela apagada pelo vento. Uma morte livre de orações, hinos ou cornetas. Eles não gritam, eles não clamam, eles não se rebelam. Porque não há ninguém para ouvi-los. Eles apenas resistem. Com aquela paixão mais antiga, mais desesperada, mais indomável do corpo, uma vontade dura como aço, reivindicando aquela lasca de vida que ainda resta dentro deles, eles resistem, resistem e resistem...

NOTA: Os "bem de vida" do Rio estão tão revoltados com estes répteis que arruínam suas vistas, transformam sua bela cidade em um verdadeiro banheiro a céu aberto, um hospital, um campo de concentração, que arruínam completamente sua reputação aos olhos dos estrangeiros e os impedem de vagar pelas ruas sem medo, que lavam os justiceiros de dinheiro. Não custa mais do que trezentos, quinhentos dólares para acabar com um garoto de rua que rouba bolsas ao redor de um quiosque. Mas na temporada pré-Carnaval, quando é uma questão de segurança turística e orgulho nacional, os preços podem subir até o dobro das taxas padrão.

O "NOVO MUNDO"

A morte é a única coisa
Que se mantém não escrita.

— Robert Pinget

Desde o golpe militar, as ruelas da Lapa, o bairro mais antigo do Rio, estão nas mãos dos sem-teto, travestis e ex-presidiários desocupados. Assim que as lojas de equipamentos automotivos, eletrônicos, peças sobressalentes, facas e revólveres abaixam suas grades de proteção de metal e trancam as portas com seus enormes cadeados, as charmosas mulatas em suas tangas e meias arrastão, e seus cafetões de aparência assassina, assumem. Mesmo uma migrante mundana como Özgür teria dificuldade em passar na calçada destas ruas, que servem aos homens 24 horas por dia. Até mesmo a metrópole mais selvagem da Europa é como um acampamento de escoteiros comparado ao Rio. Mas a única parada onde ela poderia pegar o ônibus de Santa Teresa era aqui, em uma rua ladeada de uma ponta a outra pela versão nativa dos quiosques, conhecidos como lanchonetes. No Rio, que carece de cultura de café e tem um clima impróprio para espaços fechados, em cada esquina há uma lanchonete, cada uma como um buraco aberto na parede, ou uma caverna falsa esculpida em um prédio, sem porta ou quatro paredes para defini-la. Eles eram o centro de gravidade da vida gastronômica da cidade. Os clientes se apoiavam nos balcões compridos enquanto comiam e bebiam, ou se acomodavam nas mesas e cadeiras dobráveis que cobriam as calçadas nas noites quentes de verão. Embora uma vez tivessem sido equidistantes, com o tempo a alma de Özgür tornou-se ainda menos adaptada aos trópicos do que seu corpo. Foi apenas ali que ela entendeu a importância de poder se sentar em um jardim de chá ou em um café por horas a fio. Ou de tomar café da manhã de pé... Isso a fazia levantar a bandeira branca imediatamente em seu duelo a cada novo dia, que inevitavelmente estava armado com uma nova gama de armadilhas, maldades, brigas, mentiras e enganos.

Dezenas de moradores de rua viviam embaixo da ponte de pedra de cento e cinquenta anos, que era larga o suficiente apenas para passar um único bonde. Um pouco mais adiante, ao lado da praça da Lapa, havia um grandioso conservatório, sua parede coberta de cima a baixo por uma colorida gravura carioca. Praias douradas; penhascos pontiagudos apontando seus narizes para o céu; estátuas de Jesus, esses permanentes cartões-postais cariocas, suspensos no ar por alguma força invisível e que parecia que iriam cair de cara no chão a qualquer minuto; como uma gigantesca lança flamejante ferozmente arremessada dos céus, dividindo a cidade bem ao meio; e as sete flechas do arco-íris estavam cravadas no oceano... Enquanto isso, do outro lado havia uma série de prédios decadentes que sobraram dos dias de glória da Lapa. Alguns deles foram reparados com dinheiro do Estado e doados para a ART, que quase não tem voz nessas partes da cidade. Uma sala de concertos, um centro cultural afro-brasileiro, o grupo de teatro de rua chamado Tá Na Rua... O estúdio Olenewa, fundado por uma bailarina russa que, como Özgür, chegou ao "Novo Mundo" com uma única mala e sua pele pálida do norte...

Assim como é possível encontrar um recanto próprio até no inferno, nesta cidade Özgür se refugiou no prédio de madeira de dois andares que era a escola de balé. Um porto seguro onde ela poderia lançar âncora durante os dias passados à deriva, no nada... No Rio, ela abraçou avidamente essa forma de arte tão aristocrática, tão europeia, que havia abandonado anos atrás; transformando-o em uma cerimônia vital, que, embora possa ter perdido sua essência, ainda conservava sua forma. Com seus corredores preenchidos pelo cheiro de resina, pelo som de melodias de piano e por garotas magras como um palito, de postura perfeita, correndo como pombos assustados, o Estúdio Olenewa era como qualquer outra escola de balé do mundo; inicialmente, no entanto, Özgür ficou deslumbrada com detalhes particulares do estúdio que eram exclusivos dos trópicos. Por exemplo, o caminho do vestiário para as salas de aula passava por um jardim de mangueiras e, quando começava a estação chuvosa, ficava coberto de poças de água de uma ponta à outra. Baldes eram colocados nas salas de aula para recolher a chuva que entrava do telhado, e as gotas que entravam pelas janelas, que não fechavam completamente, batiam nos ombros suados dos dançarinos. Com o início dos meses quentes, o caramanchão do jardim se enchia de macacos pulando de galho em galho, e lindas garotas de pele escura esperando na fila para tomar sorvete. E havia o gato malhado e meio doente que, apesar de ter crescido entre os humanos, nunca foi domesticado; perambulava pelos corredores miando sobre isso e aquilo, chiando para cada Tom, Dick e Harry que por acaso encontrasse, como se dissesse: "Mesmo a vida sendo horrível do jeito que é, as pessoas desperdiçam sua energia tentando ficar na ponta dos pés!"

Três noites por semana, ela saía da aula de balé e — com o som das valsas de Chopin soando em seus ouvidos, exausta, a língua grudada no céu da boca seca, mas tendo passado por uma limpeza espiritual suficiente para resistir às ruas do Rio por mais algum tempo — ia lentamente até o Ernesto. Ela deixava sua imaginação correr solta enquanto pensava naquele primeiro suco de fruta; ansiando por ele com o fascínio de explorar uma nova fantasia sexual — e sentia um prazer delicado em adiar o máximo possível o coquetel de mamão e laranja, aquele elixir da vida. Os sons do pagode e ritmos de samba começavam a emergir das ruelas a essas horas, e os casais impacientes do Centro Afro-Brasileiro corriam para a dança de abertura.

Ernesto era o único restaurante da Lapa no estilo dos de Copacabana, o que significava que era um restaurante comum com uma porta, quatro paredes e ar-condicionado que batia como um banho frio assim que você entrava (ela havia passado os seus primeiros meses no Rio em estado de doença constante por causa do ar condicionado. No mês de maio, vestida com roupas de primavera, a queda instantânea de quarenta graus para quinze era como ser pega de repente por uma tempestade de neve. Quem diria que ela teria que carregar um suéter consigo o tempo todo numa das cidades mais quentes do mundo?) Os cariocas nunca jantam sozinhos no Rio, e assim Ernesto, como todos os outros restaurantes pretensiosos da cidade, não oferecia porções individuais. Özgür ficava com o rosto vermelho quando pedia que metade de sua refeição fosse embalada para o jantar da noite seguinte e quase se desculpava por sua solidão incurável. As noites de sexta-feira eram especialmente lotadas no Ernesto. Estudantes do conservatório, músicos, pessoas que iam ao teatro, cinema ou ópera... Risos rolando como ondas oceânicas, aumentando proporcionalmente à quantidade de cerveja consumida... Um pianista cego de óculos escuros, muito esforço investido em seu visual Ray Charles, tocou músicas banais como "Autumn Leaves" e "Strangers in the Night", às quais ninguém prestou atenção, exceto Özgür e alguns velhos bêbados. Não importava quão resignada ela estivesse em não ceder ao sentimentalismo barato, Özgür não conseguia impedir que as lágrimas brotassem em seus olhos. Sua solidão se espalharia por seu corpo como uma dor sem origem conhecida, e sua necessidade de amar e ser amada se tornaria uma questão de vida ou morte. Ela se convenceria de que o amor era a única coisa que tornava a vida compassiva, significativa ou pelo menos suportável. E, às vezes, se ela estivesse em um dia de sorte, um rosto familiar que passava notava o perfil sombrio de Özgür do outro lado do vidro e entrava para conversar com ela enquanto tomava uma cerveja. Não importava quem fosse, o filho do dono de seu antigo apartamento, o caixa do supermercado, um rosto sem nome que ela conhecera meses antes em um *show*, eles a envolveriam em um abraço caloroso e ficariam mais animados e falantes a cada minuto. Pessoas solitárias sempre falam demais. Mesmo assim, tais milagres (raros e pouco importantes, porém milagres!) desapareceriam do nada tão rapidamente quanto tinham aparecido; o "camarada" em questão se cansaria da impossível pronúncia em português da gringa, de sua fala irritantemente lenta e de sua falta de conhecimento — ela não sabia nada do último disco de Veloso ou a que horas era o *show* em Ipanema — e logo essas visitas seguiriam seus caminhos, mas só depois de convidá-la para uma festa ao ar livre ou um salão de dança, como a educação carioca exigia... Özgür se sentiria mais solitária, mais derrotada, mais exausta do que nunca. Ela repassaria a conversa superficial em sua cabeça mais uma vez, riria consigo mesma de algumas das piadas que fizera e se encheria de orgulho por ter contado aquela mesma história novamente, mas com um pouco mais de sutileza desta vez. Por fim, amaldiçoaria o Rio por fazê-la implorar por tão insípidas migalhas de comunicação e, no ápice da autodestruição, fugiria para o Centro Cultural Afro-Brasileiro em busca de um consolo físico de fácil obtenção.

Naquele momento, mais do que qualquer outra coisa, ela precisava da atmosfera calma e pacífica do Ernesto, imune à dor como era, como um velho musical. Uma fortaleza que nem o caos, nem a selva, nem o samba podiam penetrar... As cólicas no estômago ainda não haviam passado; suas passagens nasais ainda estavam pegando fogo por causa da cocaína. O que ela não faria por um suco de mamão com aroma celestial e com alguns pedaços de gelo nadando dentro... Dois dólares e vinte centavos! "A lanchonete é o único lugar adequado para uma mendiga como eu", pensou. "Fico com sede a cada quinze minutos de qualquer maneira." Ela decidiu comprar um café de quarenta centavos em O Novo Mundo e mergulhar de volta em seu caderno verde. Precisava retomar de onde havia parado e continuar escrevendo o Ponto Zero.

Um mulato de vinte e poucos anos estava deitado na calçada; ele havia adormecido encostado em uma das colunas que serviam de porta no Novo Mundo. Ele tinha um rosto surpreendentemente bonito, com a expressão de um jovem, inesperadamente inocente para um morador de rua. Ela sentiu vontade de cobri-lo com um cobertor e plantar um beijo de boa noite em sua bochecha. Subiu o degrau disforme quando percebeu que as pernas do jovem estavam inchadas como um casal de golfinhos mortos. Elefantíase! Durante a estação seca, as pernas dos moradores de rua inchavam como cabaças e ficavam cobertas de feridas purulentas. Nos estágios finais da doença, eles não seriam mais capazes de andar e, resignando-se a um lugar em frente a um restaurante ou lanchonete, confiariam suas vidas à misericórdia muito limitada e pouco confiável da humanidade. Fazia três ou quatro meses desde que ela encontrara aquela mulher bem arrumada com o rosto lindo e maquiado. A mulher estava sentada na frente da mesma coluna, em um pedaço de madeira com rodas, parecido com um *skate*; da cintura para baixo, ela não existia mais. Em sua camiseta branca e limpa dizia: Jesus te ama. Foi Tolstói quem acreditou que o amor e a benevolência faziam o mundo girar, certo? Özgür começou a rezar novamente; um desejo incontrolável a levava a repetir as mesmas palavras toda vez que encontrava alguma pessoa espancada ou ferida, especialmente uma sem algum membro do corpo. Três vezes. Um refrão simples invocando seu deus pessoal, de quem ela mesma já não esperava muita ajuda, para ajudá-los. Alguns dias ela via tantos deles que passava quase toda a sua longa caminhada orando. Um psicólogo, um psicólogo que nunca esteve no Rio, poderia facilmente ter explicado a situação como um "medo de castração" e, infelizmente, poderia ter acertado em sua avaliação.

Ela cambaleou para dentro. Lutando contra a tontura e a náusea, deu passos largos e ruidosos de caubói (como sempre fazia ao entrar nesses lugares). Apesar de seu nome pomposo, O Novo Mundo, o hotel de três estrelas mais popular do Rio, era apenas mais um buraco na parede, uma lanchonete glorificada. Quatro ou cinco mesas bambas alinhadas ao lado da parede de cerâmica agora acinzentada. Ela achou que o restaurante, comprido e estreito com seu teto baixo, escuro o tempo todo, parecia um submarino. E então ela o apelidou de "Nautilus". A combinação de água escorrendo por baixo das portas do banheiro — que sempre ficava trancada — e o fedor de gordura queimada, de laranjas podres e de cerveja, que ficava mais forte à medida que se ia adentrando o restaurante, não eram realmente traços de um local apetitoso. Como se fosse para irritar Ernesto, que ficava a apenas dois estabelecimentos de distância, a clientela do Novo Mundo consistia em vagabundos, cafetões e ex-presidiários. Ao contrário daqueles garotos bem-educados que faziam o possível para parecer fora da lei, ou dos bandidos da classe média, esses eram verdadeiros criminosos apenas tentando parecer normais. Eles mantinham seu disfarce, nunca eram pegos em flagrante e equilibravam seus mundos perfeitamente planos e rasos com suas armas. Os únicos outros frequentadores do Novo Mundo eram da polícia. E a única diferença entre os policiais e os "criminosos" com os quais aqueles lutavam com unhas e dentes por uma fatia do bolo era que suas armas ficavam o tempo todo à mostra, para que todos vissem. Fora isso, eles tinham os mesmos olhos escuros e sepulcrais, bêbados de poder e transbordando com o sangue que consumiam... Foi o Rio que mostrou a Özgür que ordem e caos estavam inseparavelmente ligados um ao outro. O mundo do crime que outrora exaltara com aquele romantismo doutrinado pelo cinema agora não passava de um detalhe comum e repulsivo de sua vida cotidiana.

Com o olhar fixo à frente, Özgür fez um rápido reconhecimento pelos cantos dos olhos, absorvendo nada mais, nada menos, do que o necessário. A relativa calma da noite de domingo também havia permeado aquele lugar; não havia uma alma no local, exceto por um grupo de bêbados, todos negros, se divertindo em uma mesa nos fundos. Armando, o único garçom que não olhou para Özgür com olhos invasivos, gordurosos e desdenhosos, estava atrás do balcão, colocando coxinhas recém-saídas do forno em uma bandeja. Ele não havia roubado Özgür, nem mesmo uma vez, ao longo dos dois anos em que ela esteve lá; ele sempre lhe trazia o troco na hora, até o último centavo e, pacientemente, lhe ensinava o cardápio naqueles dias em que seu português era lamentavelmente pobre, e, às vezes, até passava cheques para ela.

(Naquela época, ninguém usava dinheiro por causa da taxa de inflação, que oscilava em vários milhares por cento.)

Silenciosa como uma sombra, ela se sentou em uma mesa, com uma toalha de papel branca coberta de enormes manchas de molho de tomate deixadas para trás por clientes anteriores. Estava de costas para o banheiro e para o grupo de bêbados. Mas não importava quanto ela tentasse, não conseguia ficar invisível! Antes que tivesse a chance de recuperar o fôlego, ouviu a voz de uma mulher, áspera, rachada, as palavras rolando em sua boca como batatas quentes.

"Ei, olha aí, nossa GRINGA voltou! Vocês sabiam que ela tem um amante negro?"

Era a prostituta aposentada, agora velha demais para exercer seu ofício, que Özgür costumava encontrar quase todas as noites na Lapa quando ela e Roberto estavam juntos. Ela foi um dos figurantes em *A cidade vestida de sangue*. O elo final da cadeia de coincidências havia se encaixado. Ela colocou uma conversa fictícia entre Ö. e essa mulher no capítulo sobre a festa em Santa Teresa em homenagem à eleição de Nelson Mandela. Ela realmente havia participado de tal celebração, em que delirou contra o racismo entre a multidão de afro-brasileiros, mas ela estava tão bêbada naquela noite que não conseguia lembrar com quem havia falado. Virando a cabeça, mas não as costas, deu uma saudação vaga e reservada. Ela ainda não tinha chamado a atenção de Armando. Acendeu um cigarro. A mesa dos fundos explodiu em uma enxurrada de vozes; ela entendeu algumas palavras, variações para se referir às pessoas de pele escura, como preto e negro. Fazia um ano e meio que ela e Roberto haviam se separado; mas parecia que, aos olhos da comunidade negra da Lapa, ele continuava sendo seu amante, neste mundo e no outro. Adoravam Roberto... Era negro, órfão, alcoólatra e "ator famoso" — se é assim que se pode chamar o protagonista do grupo Tá Na Rua — que tinha lançado sua âncora no mundo dos brancos e conseguido se manter...

Özgür teve muitos problemas para apagá-lo de sua memória; na verdade, Roberto era a única pessoa, entre muitas que ela conhecera no Rio, a não se infiltrar em seu romance. Ele era um homem feito de ameaçadoras nuvens escuras e relâmpagos, amargo como cicuta venenosa; o termo "psicopata" serviu-lhe como uma luva. Um "bebê de estupro", para colocar em suas próprias palavras... Sua mãe, que morreu quando ele tinha apenas dois anos, era uma amante. Os atores do Tá Na Rua diziam que ele era o único negro do Brasil que não sabia dançar. Ele era baixo, franzino, pouco atraente, mas seus olhos vivos, que brilhavam como vaga-lumes, passando de um objeto para outro, o tornavam singularmente cativante. Como eles não compartilhavam um idioma, o relacionamento deles era baseado apenas na comunicação física — a mais violenta de todas as formas de comunicação. Os primeiros meses de Özgür no Rio foram tão dolorosos, sua solidão entre as multidões sem rumo tão agonizante que ela tentou com todas as suas forças arrancar um pouco de amor, afeição ou algo para tomar o lugar daquele louco delirante; uma tarefa inútil, como espremer óleo de uma mosca. Pois cada suspiro de prazer lhe custava caro, cada um pago com múltiplas chicotadas de humilhação. Num piscar de olhos, a gringa, que não tinha nenhum respeito por seu corpo, foi facilmente enganada e, totalmente ignorante dos jogos de desejo bizantinos, transformou-se em uma escrava sexual, a amada do Oriente Médio de um harém. Roberto a pegou pelos ombros esqueléticos e a forçou a entrar nas masmorras da paixão, onde ela se debateu docemente nas agonias da morte.

Eles se cruzaram diversas vezes. O Rio, a cidade que te prende em sua rede apenas para te abandonar às cegas diante do destino, aproximou os dois em inúmeras ocasiões. Em festas, cinemas, *shows*, e uma vez até mesmo na frente de seu próprio apartamento... Era como se ele fosse o refrão sombrio de sua canção de morte. Ele sempre seduzia a gringa com seu olhar áspero. Mesmo depois daquela noite... Mesmo depois daquela noite quando ele apertou seus seios e torceu seus braços até que ela implorou por misericórdia... "O que poderia me impedir de fazer o mal em uma cidade onde o assassinato fica impune? Vale tudo na guerra." Esse é o *slogan* que ela tinha emoldurado e pendurado em sua consciência. Da última vez, ficaram cara a cara no ônibus de Santa Teresa, já de madrugada, depois da festa do Juninho, uma celebração de origem pagã. Ele examinou o rosto inanimado de Özgür, uma estátua de mármore, com olhos indecifráveis e desdenhosos, e deu um sorriso que doeu como um ferimento de faca. "Você está muito mais forte agora. O Rio a ajudou a descobrir suas armas secretas. Mas você ainda continua frágil como sempre, também. Você simplesmente não pode parar de perseguir aquela coisa que você mais teme, pode?"

O que restava de Roberto, que ela havia trancado em uma cela solitária e escura de sua memória, era uma sensação de ter sido suja, uma sensação que era como uma mancha permanente em seu ser, e as horas que ela passou sozinha no segundo andar do teatro enquanto esperava por ele naquelas intermináveis noites de ensaio. Danças executadas em um palco cheio de rachaduras, o eco triste de passos em um salão abandonado, cortinas de veludo preto, onde os ratos eram a única plateia... Fileiras e fileiras de fantasias e máscaras em cabides... O teatro era um mundo em que verdades e mentiras estavam entrelaçadas, onde a fabricação descarada foi transformada em uma realidade que tinha vida própria. Uma metáfora absolutamente perfeita para o Rio, a cidade que nunca tirava a máscara, nem mesmo depois do Carnaval...

"Ei, gringa! Olhe aqui!"

Não tinha escapatória. Relutantemente, Özgür se virou.

"Quer saber? Eles estão me chamando de racista porque eu disse a eles que seu amante era negro. Você acha que isso faz de mim um racista?"

Özgür foi pega de surpresa. Para dizer a verdade, era uma pergunta inesperadamente espinhosa. "Não, por quê?" foi tudo o que conseguiu responder.

A mulher começou a gritar a plenos pulmões.

"Tome! Tome isso como resposta! Eu não sou racista de jeito nenhum. Até a Turca diz isso!"

Desta vez, uma cacofonia de vozes ecoou da mesa, da qual ela pôde discernir as palavras turco e peru. Ela não podia dizer exatamente o que estava acontecendo, só sabia que uma discussão acalorada sobre ela estava em andamento. Deu uma tragada nervosa no cigarro, exalando ruidosamente a cada vez. "Caramba! Se ao menos eu não tivesse sido tão mesquinha e tivesse ido para o Ernesto!", pensou.

"Oi, gringa. Por que você está tão quieta? Essa garota é tão tímida! Deveria tê-la visto quando ela apareceu por aqui, recém-chegada da Turquia... Ela ficava com o rosto todo vermelho mesmo quando dançava. Ela se abriu um pouco agora. Ei, me diga, como se diz 'cinzeiro' em turco?"

Özgür sentiu o coração apertar no peito. Eles perfuravam sua armadura emocional assim. Nos dois anos desde que ela pôs os pés na América do Sul, ninguém, nem seus amantes, seus colegas, seus alunos, seus amigos europeus, nenhum deles lhe fez uma única pergunta sobre sua língua materna. Ela se encheu de gratidão e ressentimento. E aquela sensação miserável e cinzenta de solidão...

"*Küllük*. Cinzeiro é *küllük*."

A mulher não ouviu sua resposta. Ela estava se divertindo fazendo a gringa, financeiramente despreocupada, a pequena senhorita Branca de Neve, dançar ao som dela. Uma rara oportunidade de se sentar na janelinha em uma mesa repleta de homens.

"E como se diz '*mon amour*'?"

Da mesa, gargalhadas ruidosas, gemidos amorosos e sons altos de beijos começaram a chover sobre Özgür. Ela estava cercada pelos quatro lados; resignou-se docilmente ao papel que lhe fora atribuído, como sempre.

"*Sevgilim*."

"Como? Fala isso de novo."

"SEV-Gİ-LİM. Agora chega de perguntas, por favor!" Então gritou: "Armando! Um café com leite... Por favor."

Ela virou as costas para o alvoroço que estava gradualmente ficando fora de controle e ergueu seu escudo para o mundo exterior. Encolheu-se, como se estivesse tentando se tornar menor, mais grossa, mais compacta. Como se seus ombros ossudos fossem sua única defesa contra esta cidade que lhe cravava um espinho no coração a cada hora. Ela nunca tinha sido descarada, perspicaz ou boa com um retorno. Como todas as pessoas tímidas e de coração aberto, foi facilmente transformada em brinquedo nas mãos daqueles muitas vezes mais estúpidos do que ela. Afinal, ela era uma gringa; não tinha a menor chance contra esses bebuns, não com seu português rígido e sem gírias. Ao pegar os cigarros, notou que suas mãos tremiam. Antes de vir para o Brasil, ela achava que isso só acontecia com figuras de romances ou mulheres à beira da menopausa. "Eu realmente fui insultada, ou não aguento mais uma provocação bem-intencionada? Eu realmente estou no fim da minha corda." Ela havia esquecido há muito tempo seu primeiro cigarro, que ainda estava queimando sozinho no cinzeiro.

    Felizmente, uma mulata de doze ou treze anos com cara de boneca entrou no Novo Mundo, afastando toda a atenção de Özgür. Como todas as garotas do Rio de sua idade, ela usava uma tonelada de maquiagem e estava tão escassamente vestida que era de espantar. O batom roxo em seus lábios grossos fazia Özgür lembrar de ameixas. Entrou no bar como uma pantera feminina, sacudindo o cabelo violentamente como um xale em chamas, parecendo ferozmente determinada a seduzir qualquer homem que cruzasse seu caminho. Ela exibia seus seios, que saíam de seu sutiã, e seus quadris exuberantes e bem torneados com espantosa imprudência e abandono, da mesma forma que gângsteres novatos exibem suas pistolas de modelo mais recente. Aquele corpo, que havia perdido sua inocência muito jovem, e que havia sido lançado com a extravagância de uma filha pródiga desperdiçando sua herança, fez Özgür — e provavelmente apenas Özgür — sentir-se triste. Como todas as outras mulheres clonadas em massa do Rio, a garota havia internalizado um desejo que não era seu; ela havia se tornado uma porta-voz do desejo de poder, proclamando em alto e bom som a insaciabilidade da carne, conforme ditado pela cidade. Como uma marionete pendurada em suas cordas, ela estava enredada nas amarras de sua sexualidade, e não havia escapatória. Quando os turistas que invadiram o Rio em busca de fantasias de segunda mão a viram, imediatamente começaram a acariciar suas carteiras. No entanto, ela não era uma profissional de verdade, mesmo que colocasse seu corpo à venda, às vezes por necessidade financeira, mas na maioria das vezes era apenas pela pequena emoção disso, ou para variar... Como a maioria das garotas, ela era uma beleza diurna. Uma violeta crescendo nas favelas...

Como lobos que cheiram a sangue, todos os garçons, menos o tímido Armando, observavam os quadris da moça enquanto ela se dirigia à mesa dos negros. Seu *short*, rasgado aqui e ali, parou alguns centímetros acima de sua bunda. Ela obviamente não estava familiarizada com restrições como roupas íntimas. "WANTED" estava escrito em seus seios com batom cor de morango. Özgür não pôde deixar de rir. "Claro que você é PROCURADA, querida. Pode não ser o diamante Hope que você está vendendo aí, mas é a coisa mais PROCURADA do mundo mesmo assim."

Ela sentiu a sombra esguia de Armando deslizar ao lado dela. Uma mão suave como a de uma mulher, com medo de causar danos, gentilmente colocou sua xícara sobre a mesa. Özgür ergueu os olhos; eles sorriram um para o outro. Os sorrisos conhecedores e inocentes dos confidentes... Armando era um mulato ligeiramente corcunda e rijo; ele tinha cabelos cacheados e cílios longos e pretos. Seu rosto tinha as linhas finas de uma miniatura, e refletia uma miséria fechada para o mundo exterior, uma tempestade ainda não acalmada... Özgür sentia um traço de Oriente Médio nele; talvez um dos sírios, O Turco, que havia migrado para a América Latina na virada do século, tivesse caído no feno com seus ancestrais.

Ela envolveu as duas mãos ao redor do vidro e libertou sua mente de qualquer pensamento. Com um leve som de sucção — afinal, não havia espectadores por perto para fazê-la observar as regras de etiqueta — e enrolando o creme na língua, terminou sua bebida em quase um único gole. Ela estava coberta de suor novamente e não havia conseguido saciar sua sede implacável, mas pelo menos seu estômago estava resolvido. Finalmente, estava sozinha com seus cigarros e sua solidão.

Ao contrário dos bares turísticos de Copacabana, este lugar não continha o menor indício dos trópicos; nada de redes de pesca, papagaios de cores vivas, conchas marinhas, pinturas ingênuas da Bahia etc. Na parede, marcada por longas rachaduras atravessando o reboco, pendia uma miniatura japonesa — uma mulher vagando por um pomar de cerejeiras com um sorriso plácido no rosto e um olhar um pouco confuso, enquanto observava a insanidade do Novo Mundo. E ao lado dela estava uma bandeira brasileira que sobrou dos dias da Copa do Mundo. Havia um globo levemente amassado de cada lado — provavelmente simbolizando o mundo — com um pingente preso nele que dizia "Sistema" e "Progresso". Uma ironia extraordinária que poderia fazer Özgür rir mesmo depois de dois anos!

Por um tempo, distraiu-se com a mosca que continuava voltando para mais molho da mancha da toalha que lembrava Özgür de uma mesquita com três minaretes. Ela sentiu o cheiro de café fresco abrindo caminho entre as mesas. Deveria pedir outro copo? Ela tirou o caderno verde da bolsa.

Sempre que queria dar uma olhada profunda em sua história pessoal, ela tinha seus últimos dois anos esperando por ela. Lembranças tecidas, trançadas, envernizadas, sob medida... Histórias inacabadas, confissões em primeira pessoa, citações...

Como campos de trigo, os brasileiros eram soprados para cá e para lá pelos ventos dos acontecimentos sociais; Dia das Mães, a morte de Ayrton Senna... E então, depois do Dia dos Namorados, eles se envolveram em mais uma histeria em massa: a Copa do Mundo. Os dias de jogo foram declarados feriados nacionais; os ônibus pararam de circular, e as lojas fecharam depois das duas da tarde. Um país inteiro, todos, de nove a noventa, vestidos de amarelo, empunhando bandeiras de todos os tamanhos e arrebatando cornetas, tambores, baterias, apitos, chocalhos etc., qualquer coisa que pudesse ser usada para fazer barulho; queima de fogos de artifício, confete, cerveja; grupos de pelo menos vinte pessoas amontoadas em casas, bares, restaurantes e salas de concerto equipadas com enormes telas de televisão. Porque assistir aos jogos nacionais sozinho era considerado um dos piores desastres que poderia acontecer a um ser humano, até eu fui bombardeada com convites.

Era um início de tarde de julho. A chuva caía, como se estivesse ansiosa para rasgar a cidade em pedaços, para limpá-la de toda a sua imundície. Não havia uma alma nas ruas. Todos os transportes pararam, as persianas de metal foram fechadas em todas as lojas, e até mesmo os sem-teto haviam escapado há muito tempo para qualquer abrigo que pudessem encontrar. O jogo da Rússia começaria em meia hora. Enquanto isso, eu tentava chegar em casa, o único lugar onde poderia me refugiar do tumulto iminente.

Encontrei-o na entrada de um cinema na Cinelândia... Ele — vou dar nome a ele depois de descrevê-lo — estava deitado em uma poça de *lama com vários centímetros de profundidade. Gotas de chuva afiadas como agulhas perfuravam seu rosto. Embora ainda não tivesse atravessado o limiar da morte, certamente se afastara tanto das margens da vida que não havia como voltar atrás. Ele estava prestes a morrer de fome. Seu corpo traiu sua alma, expulsando a última mordida que ele teve que comer. Com suas últimas forças, ele tentou alcançar seu vômito — para poder comer novamente.*

Ninguém lhe deu atenção. Alguns retardatários correram pela praça quase vazia, correndo para chegar a tempo do jogo; afinal, eles estavam acostumados às muitas e variadas performances da morte. Só eu fiquei ali, imóvel, sob a tempestade, meu rosto drenado até ficar branco como um osso. Era como se eu tivesse virado pedra. Eu não conseguia chorar nem gritar; um punho apertado, um grito silencioso preso na minha garganta. Lembrei-me de um filme que tinha visto anos atrás. (Ficção versus realidade! Mas até que ponto a primeira pode salvá-lo de um confronto cara a cara com a segunda?) O protagonista americano do filme estava falando sobre a fome mais terrível que ele já viu em sua vida, em um hotel isolado no meio dos trópicos: um nativo tirando os pedaços não digeridos de uma pilha de fezes humanas... Fiquei dias com dor de estômago, não pensei que pudesse haver uma descrição mais incisiva de fome. Mas a realidade nua das ruas do Rio era ainda mais atroz do que a mais atroz das fic-

ções. Com alguns golpes de martelo, ele gravou um retrato da fome em minha mente.

    Eu simplesmente devo contar, contar a todos sobre aquele homem que encontrei na Cinelândia meia hora antes do início da partida de futebol Brasil-Rússia, ou seja, em um ponto precisamente definível no tempo e no espaço. (Querendo ouvir ou não.) O preço deve ser pago por aquele grito que ficou preso na minha garganta. Fui amaldiçoada porque não fiz nada além de ficar ali e observá-lo assim por vários minutos, antes de continuar meu caminho. Porque não havia nada a fazer, porque não encontrei uma colher e não lhe dei o vômito, porque todos os quiosques estavam fechados, e um biscoito nunca chegaria a tempo, porque não tirei uma pistola da minha bolsa e dei um fim rápido à sua miséria... O que eu tinha para oferecer a ele? Para negá-lo? Continuei meu caminho, pois havia me encarregado de uma missão. Uma desculpa para adiar a minha própria morte...

    No entanto, agora, enquanto olho para as letras que alinhei no pedaço de papel branco diante de mim, não consigo ver aquele homem. Ainda me falta a linguagem para expressá-lo. Eu não sou forte o suficiente, não sou cruel o suficiente, não sou misericordiosa o suficiente. Não senti fome o suficiente. As palavras não podem devolver-lhe a vida, mas pelo menos podem oferecer a restituição ao seu nome: Ele era um Ser Humano.

De repente, ela foi tomada por uma sensação estranha, como se suas próprias frases tivessem acabado de dar meia-volta e começado a observar o autor. Pegou sua caneta e riscou um grande X na página. Então, escreveu uma única frase:

"Escrevo para me mostrar maior do que realmente sou, porque... sou muito, muito pequena."

Enquanto caminhava até a caixa registradora, uma sem-teto bem cuidada entrou no Novo Mundo e, levantando a voz de vez em quando, perguntou: "Alguém aqui quer me comprar uma refeição?" Medida, educada, gentil, como um estudante universitário envergonhado perguntando aos outros passageiros se eles têm uma passagem de ônibus extra... Não houve resposta; Özgür apenas virou a cabeça com vergonha. "Obrigada", disse a mulher, abaixando a cabeça antes de sair silenciosamente, como um figurante que havia completado com sucesso seu papel insignificante. A prostituta, que havia enfrentado sua cota de adversidades na vida, gritou da mesa dos bêbados: "Este não é o Terceiro Mundo, você sabe — é o Oitavo Mundo! O oitavo!"

Özgür olhou para o jovem com as pernas inchadas e achou que a mulher estava certa. Ele estava enrolado como um feto ao lado de uma das colunas. Ele ainda usava aquele olhar milagroso, puro e inocente em seu rosto. "Este é um povo indigente, vestido apenas com seu próprio brilho... Contentando-se com um amor à vida, de origem desconhecida... Mas o que eles chamam de vida não passa de um engano. Um truque banal que passa por felicidade."

Ela se arrependeu de não ter se despedido de Armando. Sentiu o tipo de sentimentalismo geralmente reservado a prisioneiros que passam seu último dia na cadeia; queria deixar boas impressões de si mesma. Ela voltou para o Novo Mundo. Junto com a mulata, Armando e os outros três garçons estavam ao lado da mesa dos negros. Então, de uma vez, cada alma no restaurante explodiu em gargalhadas. "Quem sou eu para pensar que tenho o monopólio da realidade? Provavelmente sou a última pessoa no Rio que deveria falar sobre felicidade!" Conseguiu chamar a atenção do ajudante de garçom parado na frente da cafeteria; convenceu o garoto, que estava olhando para os quadris da WANTED como se estivesse descascando uma banana, a lhe dar um copo de papel cheio de leite. Ao caminhar até a gatinha gritando de medo na calçada em frente, sentiu-se uma mulher muito, muito velha, que não tinha mais nenhuma expectativa de vida.

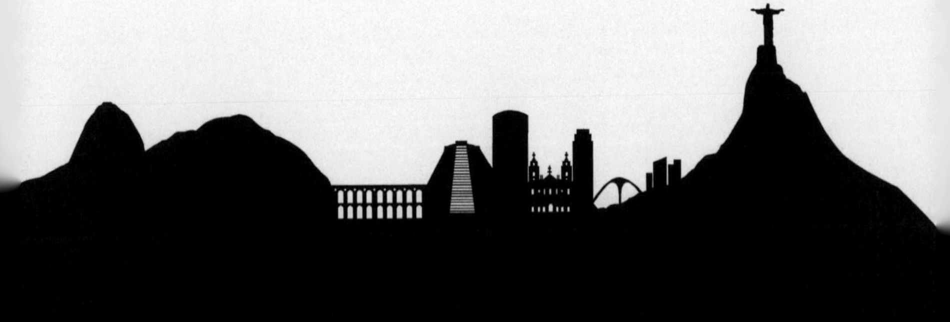

UMa ViajaNTe NaS RuaS do Rio – AS MulaTaS do Rio de JaNeiRo

Se há alguma metrópole nesta terra que pertence às mulatas, é o Rio de Janeiro. A mulata é um detalhe essencial de qualquer foto carioca tirada a qualquer hora do dia, em qualquer ponto da cidade. A mulata da favela, com seus cabelos crespos, lábios grossos, quadris cheios saindo da roupa, cruz pendurada no pescoço... Você pode vê-la nas lanchonetes; ela se encosta no bar, atrevida, e bebe uma cerveja; em frente à igreja ela recolhe doações, um brilho divino emanando de seu rosto... Crianças de todos os tamanhos penduram-se em sua saia no supermercado enquanto ela carrega sacos de feijão de cinco quilos... Nas calçadas de Copacabana, ela coloca sua pintura de guerra, adorna seus braços e veste suas meias ar-

rastão, botas de cano alto, tanga de couro etc. Nas capas de cassetes de samba, seminua e coroada com penas de papagaio mais altas que ela, ela irradia grandes sorrisos e balança os quadris com toda a força. Em um ônibus coberto de poeira com destino às favelas depois do anoitecer — meio morta depois de doze horas servindo os outros, seus olhos dois poços secos —, ela come sua refeição da noite em uma panela em seu colo. Mais do que em qualquer outro lugar, porém, você a verá na praia... Como uma sereia depositada na praia pelas ondas do mar... Seus cabelos molhados; lábios com cheiro de leite de coco; uma canga cobrindo-a levemente; quadris generosos, descontraídos e brincalhões; pele mimada pelo constante afago dos raios de sol... Ao contrário da crença popular, as mulatas do Rio não são bonitas; isto é, não de acordo com os padrões ocidentais. São baixinhas, gordas, atarracadas... Mas são tão absolutamente deslumbrantes, e impõem sua atratividade com tanto abandono, que, no Rio, mulher é sinônimo de mulata.

São essas mulheres que atraem o gringo epicurista e mimado para esta cidade, onde a vida é uma luta até a morte que recomeça todas as manhãs de todos os dias. São elas que fazem o gringo jogar dinheiro como confete... Em um piscar de olhos elas transformam essa corrida de ratos de uma metrópole do terceiro mundo em uma ilha tropical. Uma ilha fictícia existente apenas em cartazes turísticos, cheia de praias douradas, palmeiras e conchas...

Andam com passos ágeis, ritmados, sempre, como se estivessem carregando cachos de bananas na cabeça, ou sambando em câmera lenta... Com a cabeça nas nuvens, calmas, relaxadas... Caminham em direção a um amante invisível que espera de braços abertos... Um poema encantador sussurrando em seus ouvidos, elas sorriem para o espelho apaixonado no vazio. Infinitamente conscientes de sua feminilidade, elas têm total domínio sobre seus corpos, que nunca lhes pertenceram... Meio embriagadas de seu poder devastador — um poder tão fugaz quanto uma flor silvestre — elas prometem frutos proibidos mais valiosos do que o próprio paraíso.

Nas plantações aprenderam sobre a terrível pilhagem do corpo... e sobre o valor do corpo e seu preço... O chicote foi seu primeiro mestre. Elas sabem que o mundo dos mundos fermenta em seus quadris, e que entre suas pernas se esconde não a caneta que escreve a história, mas a roda que extingue a vida. Embora as letras das músicas as tornem sentimentais e provoquem lágrimas genuínas, e embora venerem inúmeras divindades, desde jogadores de futebol até um Jesus de bom coração, e embora sejam capachos de homem em homem até ficarem enrugadas e desgastadas, elas sabem. O corpo nunca esquece as lições ensinadas pelo chicote.

As mulatas do Rio são mulheres duras. Elas não têm escrúpulos em dar prazer aos homens que aspiram seduzir olhares longos e lascivos, ou apalpar turistas que as olham com olhos azuis, turvos e sem cílios, ou em fazer xixi no meio da rua. Sua fala é alta e ruidosa; elas brigam em brigas de arrancar os cabelos; desafiam a polícia, os motoristas de ônibus, seus chefes e seus maridos. Talvez seja por isso que elas agarram tão firmemente a sua posição número 1 no ranking de violência internacional e de aids. Porque elas cresceram três gerações em um único quarto, sua sexualidade não conhece vergonha ou constrangimento. Quando se veem carregadas de um bebê, lembrança de uma noite de paixão, antes mesmo de completarem quinze anos, não sentem raiva nem tristeza. É como se cada decepção, cada desilusão, cada criança fortalecesse ainda mais sua feminilidade. Nesta cidade, que não lhes permite ser outra coisa senão mulheres, elas têm permanecido, até o fim, mulheres. SÓ MULHERES.

A mulata de pele preta, olhos pretos, cabelos pretos, sambando com a morte a vida inteira... Sua escuridão, abismal, permanente, está dentro de seu corpo. Só no corpo... Porque ela não tem alma. Foi tirada dela há muito tempo.

PONTO ZERO

E deixem os mortos enterrarem os mortos.

— Bíblia Sagrada

Na Lapa, que é como um formigueiro cheio de moradores de rua, ela não ousava tirar o relógio da bolsa, mas percebeu que eram por volta das seis horas. Uma noite cheia de sombras distantes estava a caminho, e as ruas ficaram silenciosas. Não era o silêncio que precede uma tempestade, mas um silêncio contendo uma tempestade... Um vago e sombrio sinal da noite... Daqui a pouco, o mundo fecharia seus olhos envelhecidos.

Özgür parou na bifurcação da estrada olhando indecisa para a direita e para a esquerda. Ela tinha duas opções: descer a avenida da Glória até a baía do Flamengo ou ir até a praça da Cinclândia, famosa por seus cinemas, boates e cervejarias ao ar livre. Cinelândia... A terra do cinema...

Um cartaz chamou sua atenção: o arrojado, renomado diretor com experiência na Broadway, Sergio Mancini, havia adaptado o musical do ano: Romeu e Julieta, aquele "drama que nunca envelhece", para o povo carioca — um povo que pensava na própria vida como nada além de um musical. Romeu moreno da favela, que de alguma forma conseguiu evitar uma vida de crime, e a branca e inocente Julieta de Ipanema... Nesta cidade, o fascínio da carne realmente superou todas as diferenças de classe e raça; no entanto, fez isso com um fim exclusivo: satisfazer a carne. No outro dia, ela leu uma versão moderna de Romeu e Julieta nas páginas de crimes do jornal. Um bandido da favela do Turano convenceu sua amante (universitária, profissional, rica etc.), uma garota de Ipanema, que também estava envolvida com o chefe de outra quadrilha e que havia conseguido roubar uma boa quantidade de cocaína, a vir até Turano; ali, na praça conhecida como Boca de Fumo, ele a submeteu a horríveis torturas, cortando-lhe as mãos, a língua e as orelhas, antes de matá-la. O incidente foi mantido em segredo por meses, até que o Romeu de Turano foi morto em um tiroteio. "Oh, amor! Aquilo que faz o mundo girar!" Özgür pensou com um sorriso enquanto olhava o pôster. E lá estava o nome que ela procurava: Eli Vitor de Santos. Como Romeu...

A terra do cinema era a terra natal de Eli. Foi pelos bares escuros e úmidos, clubes *gays* e *shows* de S & M — aqueles sem luzes de *neon* ou letreiros — da Cinelândia que ele guiou Özgür sob o brilho fraco de uma lanterna. Nas noites de sexta-feira, eles saíam do curso de dança africana e tomavam um copo de água de coco fresca em uma das lanchonetes antes de sair para a noite, sua escuridão perfurada apenas pelo brilho das lâminas. Bares sem mulheres, onde ninguém prestava atenção em Özgür, cheios de nuvens sufocantes de fumaça de cigarro e maconha, fedendo a corpos suados dos homens, onde, disfarçado de desejo, Azrael, o Anjo da Morte, espreitava, à espera de sua próxima vítima... Negros seminus de cabeça raspada, portando chicotes e correntes; travestis de tanga e meias arrastão, que podiam correr em volta de qualquer mulher; rainhas do *show*, barris de hormônios com unhas postiças do tamanho de cenouras e quadris tão largos quanto travesseiros... Uma vez, Özgür quase desmaiou enquanto observava uma *drag queen* com a barriga pendurada sobre as coxas, fazer um *show* com dildos. Rindo histericamente, Eli pegou Özgür e a carregou para fora. "Oh, pobre garota turca! Isso foi obviamente mais do que você pode lidar!" (A *drag queen* era professora de história do Ensino Médio durante o dia; e o clube, que servia generosos montes de carne à noite, era um restaurante vegetariano até às dez.) Em algumas noites, Eli sentia vontade de "fingir-se normal" e, nessas noites, ele usava o dinheiro que conseguia arrancar da amante para levar Özgür aos bares cinco estrelas de Ipanema. Eles estavam sempre no colo um do outro, ficando atiçados, meio divertidos, meio sérios, fazendo danças que eram ousadas até para o Rio.

Mas tudo isso acabou na Noite do Juninho. A festa pagã Noite do Juninho, em que balões cheios de velas e lanternas explodem no céu um após o outro... "Daqui a pouco estarei aí. Estou saindo agora", disse Eli ao telefone. Quanto tempo ela esperou por ele naquele *pub*? Talvez quatro, talvez cinco horas... Ali, com aquele bando de degenerados, sob um dilúvio de molestações, tentando ignorar as proposições, o ridículo e os olhares que rastejavam sobre seu corpo como sanguessugas viscosas... Finalmente, ela saiu correndo para pegar o último ônibus para Santa Teresa, foi atacada por meninos de rua na praça, sobreviveu a uma tentativa de assalto e jogou o presente de aniversário que havia comprado para Eli — *De Profundis*, de Oscar Wilde — no lixo. E então esbarrou em Roberto.

Ela não foi para a Cinelândia, preferia os patifes consumados da Glória às massas embriagadas que invadiam os cinemas de Hollywood nas noites de domingo, e os viciados em cocaína aos jovens e durões filhinhos de mamães. Nas primeiras horas da noite, antes que a noite caísse e as ruas fossem deixadas para os homossexuais, a praça a lembrava dos domingos de sua juventude. Aqueles anos sufocantes dos quais nem o outro lado do oceano oferecia escapatória... Piqueniques em família, sementes de girassol, programas de TV americanos em preto e branco, deveres de casa intermináveis, restrições, proibições, discursos, punições... Beijos grosseiros de amadores, pacotes de Parliament roubados de sua mãe, um par de botas de salto alto, seus primeiros discos de *jazz* e tardes turbulentas na casa de amigos... lábios... Manchas de sangue na calcinha, a vergonha se enraizando em seu corpo adolescente... Se apaixonando, e a vontade de morrer que acordara dentro dela... E uma busca sempre turva e melancólica... A vida estava em outro lugar, pertencia a outros: aqueles que souberam agarrá-la. Os anos em que uma menina tímida, de cabelo despenteado e olhar duro, se tornou uma mulher... Deslizando para o mundo das pessoas... E agora ela sabia. Mesmo que fugisse até a Amazônia, teria que se levar consigo. Juntamente com a pesada e mofada bagagem de seu passado... Se nada mais, isso, pelo menos, as árvores de costas distantes a ensinaram.

Ela correu pelas primeiras centenas de metros da avenida da Glória. Este era um lugar bem familiarizado com a escuridão, o assassinato e a destruição; estava cheio de prostitutas, assaltantes, ladrões armados com seringas com o vírus da aids, lixões, casas em ruínas, apartamentos de solteiros escuros e úmidos e motéis com camas para alugar por hora. No alto da estrada que subia até Santa Teresa como uma cobra, e que ninguém ousava usar, havia uma peixaria. Oferecia bons vinhos argentinos e bacalhau e era iluminado apenas à luz de velas. Todas as mesas eram para dois. Özgür ainda não havia encontrado um cavaleiro para escoltá-la através das duas enormes tochas na porta. Além disso, a essa altura ela achava repulsivos todos os tipos de carne, e a ideia de enfiar o garfo em um cadáver fazia seu estômago revirar. Logo depois do restaurante ficava o motel mais famoso do Rio, oferecendo todo tipo de equipamento necessário para o ato, de pianos a saunas, de vídeos pornôs a chicotes, em quartos alugados para sessões de seis ou doze horas. Foi nesse ponto, onde começava a baía do Flamengo, que Glória de repente se transformava de um naufrágio sujo e empoeirado em uma avenida ampla, espaçosa e arborizada.

As ruas estavam ganhando vida. A agitação impaciente de uma noite tropical prestes a sair de seu casulo... Özgür entrou na noite emergente, lentamente, absorvendo todos os sons, as visões e os cheiros... O ar quente, xaroposo e úmido pressionado contra seus lábios como um beijo molhado; os últimos raios do dia minguante deslizavam pela calçada. Espalhados pela rua estavam mangas podres, mamões, bananas, jacas, cascas de cocos e raízes de mandioca, que pareciam galhos secos e que ela confundia com lenha, sobras da feira da Glória que acabara horas antes. Caixotes, bebidas, alguns caminhões e melodias de samba por toda parte... Quanto mais se aproximava da baía, mais elegantes, mais claras e mais desapaixonadas as pessoas. Aqui começaram lentamente as fileiras ordenadas de vilas portuguesas, enormes prédios de apartamentos cercados por barras de ferro, lojas climatizadas e palmeiras; a qualidade das lanchonetes ia aumentando gradativamente; enfim, o Rio começava a vestir sua fantasia de cartão-postal. Dois jovens vestindo camisetas com o emblema de seu local de trabalho passaram por ela. Eles estavam ouvindo o jogo em um rádio de bolso ligado no máximo. "Ei, Queijo Minas! Venha ficar com a gente se você estiver solteira", eles disseram a ela, soprando uma densa nuvem de cerveja em seu rosto. Eles estavam de bom humor; seu time havia vencido novamente esta semana; a empresa em que trabalhavam até a morte por cem dólares por mês havia aumentado sua participação no mercado. O Brasil havia conquistado a Copa do Mundo pela quarta vez. Certa noite, quando ela e Eli caminhavam rumo à Cinelândia, se refugiaram sob esse viaduto para fugir da chuva que caía aos baldes. Eles esperaram, tremendo, por quase quarenta minutos antes de decidir que não podiam ficar mais molhados, pois já estavam encharcados, e então começaram a correr sob as gotas afiadas. "Não importa onde eu esteja no mundo, sempre pensarei no Rio quando chover", disse Özgür.

A avenida começou a se estreitar novamente após o viaduto. O mar desapareceu assim, como se tivesse sumido pela varinha de um mágico; como resultado da topografia única do Rio, o viajante que caminhava paralelamente à costa de repente se viu de costas para a baía. E foi nesse ponto, onde ela e a baía de Guanabara se separaram, que ela desceu para a praia. Contemplou as águas calmas por um longo tempo, como um cavaleiro montado parado no início de um vasto deserto. Uma das inúmeras Özgürs dentro dela ainda estava apaixonada pelo oceano, o pôr do sol, a aventura.

Longe de qualquer atividade humana, o oceano estava calmo e austero, retraído em seu próprio mundo, perdido em pensamentos. Era como se a baía da Guanabara fosse a porta para a eternidade, com o céu tão amplo, sua beleza além das palavras, que se estendia do horizonte ao infinito. Pôr do sol... A hora em que a vida, em toda a sua magnificência e toda a sua miséria, era lançada em esplendor... Nos trópicos, um final nunca era experimentado como uma conclusão, nunca despertava sentimentos de tristeza. Era mais como as primeiras notas tocadas por uma sinfonia extática; tornando um sonho desgastado, dilapidado e exausto em algo novo em folha, criando tudo de novo. Uma delicada rede de luz havia sido lançada sobre o céu, como as cortinas brancas e translúcidas de um templo; as nuvens piscaram, brilhando em ouro e púrpura. Um gigantesco pássaro escuro carregando a noite em seus panos abriu lentamente suas asas com pontas de fogo. Um céu calmo, puro, claro, imortal...

Ela se virou e olhou para a favela Blue Hill, uma pequena sarda na selva envolta em névoa vermelha, e para o Jesus de ferro tentando abraçar a cidade com seus braços franzinos. Era hora de voltar para casa, antes que a noite, fazendo sua descida repentina, mais uma vez a pegasse de surpresa.

Um vagabundo, com o rosto coberto de marcas de varíola, passou por ela, falando sozinho e soltando gargalhadas e palavrões a torto e a direito. Ele estava empurrando um carrinho com pelo menos vinte cachorros, todos amarrados com varal. Ela encontrava o homem quase todos os domingos. Ela teve pena dos cães. Alguns deles latiam com todas as suas forças, esperando perfurar os corações de pele grossa do povo do Rio, enquanto outros uivavam e uivavam com a mesma exuberância feroz de seus ancestrais lobos. A maioria, no entanto, se curvava passivamente ao seu destino. Ela fixou seus olhos em um ponto em particular e manteve sua atenção ali, contando até vinte, um método eficaz que havia desenvolvido para evitar a ânsia ou as lágrimas. Antes mesmo de perceber, já havia começado a orar. Tudo o que ela encontrou lhe dizia que a morte tornava todos os sonhos realidade nesta cidade; que aqui a morte tinha encontrado seu próprio recanto do paraíso.

Ela desacelerou ao chegar à Delegacia do Catete e rapidamente vasculhou a área, seus olhos movendo-se na velocidade da luz, como os de um ladrão mestre. Certa vez, ela passou oito horas naquela casa suja de madeira cor-de-rosa, com o jardim da frente malcuidado invadido por ervas daninhas. Eles a deixaram sentada ao sol, com fome, sede e sem cigarros; apontaram uma arma para a cabeça dela; contaram-lhe como iriam quebrar seus dedos, usando algo como uma raquete de pingue-pongue. Foi na época em que tinha acabado de começar a trabalhar na Sociedade de Proteção Para Crianças. Enquanto esperava no ponto de ônibus, ouviu alguém gritar:

"É ela! É ela!" Um carro parou de repente bem ao lado dela e três policiais civis saltaram, agarraram-na pelas pernas e braços e a levaram até aquele local. Foi apenas algumas horas depois que ela finalmente entendeu que tudo isso tinha sido para arrancar mil dólares dela. Mas Özgür não cedeu. Em um país onde conceitos como justiça, julgamento justo e defesa adequada pela lei eram considerados apenas ônus, ela não foi dissuadida por aqueles policiais, cujo português ela mal entendia; ela conseguiu sair impune daquele poço de esgoto, sem pagar um centavo — ela não tinha dinheiro de qualquer maneira — por sua liberdade, ou por seus dedos. O estranho era que ela não sentia nenhum ressentimento em relação aos torturadores, nem àquele prédio de algodão doce (todas as delegacias e quartéis do Rio eram pintados em tons de rosa). Cada vez que passava por uma, examinava as janelas com um desejo irracional, tentava descobrir em que sala havia sido interrogada e sentia uma vontade perversa de encontrar "seus" policiais. Por alguma razão, ela se perguntou se eles a reconheceriam. Afinal, a Delegacia do Catete era um dos poucos prédios que guardava uma memória para ela nessa cidade estrangeira.

A lembrança mais vívida que tinha era a de seu companheiro de infortúnio enquanto estava sob custódia. Ele estava trancado em uma varanda do tamanho de uma banheira, localizada diretamente sob o sol do meio-dia. Ele se agachou nas pedras crepitantes, enrolado em uma bola para proteger o rosto dos raios. Demorou muito para que Özgür finalmente notasse o pátio, que era dividido em jaulas como um zoológico, ou o mulato gordo com o bigode de guidão ali de cueca. O homem ergueu a cabeça e cravou os olhos em Özgür, como um velho marinheiro olhando para os mares tempestuosos, sem desviar o olhar, nem por um segundo... significado incognoscível. Özgür estava envolvida em sua própria situação. Ela apenas ficou lá, olhando para ele com um olhar fixo que refletia apenas o seu próprio vazio, não contendo um pingo de compaixão, apego, qualquer tipo de mensagem... Cada um deles havia se perdido nas profundezas de sua própria dor, ali nos olhos um do outro, até que a polícia prendeu o bandido para interrogatório — talvez para tortura, tortura até a morte, talvez.

O processo de destruição começou, como tudo nesta cidade, a uma velocidade vertiginosa; antes que ela percebesse, havia chegado ao ponto do não retorno. As sementes selvagens da desgraça de repente se enraizaram em sua alma. Ao longo dos próximos meses, elas germinariam, furtivamente, e, alimentando-se da desesperança que se acumulava em seu coração gota a gota, cresceriam. Como árvores que crescem no escuro.

Ela tinha sobrevivido à sua terceira semana no Rio. (Apenas três semanas!) Já havia se rendido à sedução de Hades e feito sua primeira viagem à favela, se matriculado em um curso de dança africana, aprendido os números de ônibus, as marcas de cigarros e o presente simples em português, estado cara a cara com o oceano Atlântico, descoberto o queijo Minas, o parente distante do queijo branco turco, o suco de mamão, ido a uma dezena de festas e conhecido dezenas de pessoas. Ela tinha até se apaixonado e sido chutada. Seu dedo indicador esquerdo havia quebrado quando ficou preso na porta de um elevador. Um dentista, na rua onde ela morava, havia sido atingido por uma chuva de balas porque se recusou a entregar o relógio.

Ela também estava falida naqueles dias, mas mesmo assim continuava a desperdiçar seus dólares na expectativa do salário que receberia no dia em que finalmente conseguisse vencer a onerosa burocracia do Brasil. Ela e sua única amiga, Deborah, iam a clubes de jazz, a bares de Ipanema que tocavam bossa-nova e a restaurantes japoneses quase todas as noites. Deborah esnobava qualquer coisa que tinha menos de quatro estrelas. Elas trabalhavam na mesma universidade, mas parecia que nada neste mundo interessava menos a essa mulher de quase quarenta anos do que a vida acadêmica. Era no campo de seus vários prazeres que brilhava seu brilho: a culinária japonesa, o mar, o sol, o samba, as aventuras eróticas, o amor... (Ah, o amor!) E também sua obsessão por astrologia. Embora baixa o sufi-

ciente para quase ser considerada uma anã, ela era uma mulher incrivelmente bonita, com uma silhueta ampulheta que lembrava as estrelas de Hollywood de eras passadas, cabelos ruivos caindo pelas costas, um nariz minúsculo, mas sempre tão real, e olhos azuis da cor do mar que brilhavam como seixos molhados. No sentido pleno da palavra — era de tirar o fôlego. Ela havia se tornado uma verdadeira virtuose da sedução. Aguçava sua atratividade diariamente por meio de uma série regular de exercícios, testes e desafios formidáveis. Ronronando, carinhosa, viciosa; uma mulher gato que era um ímã para o desejo.

Ela estava em frente ao antigo Palácio Presidencial, que havia sido convertido em Centro Cultural. (Na manhã do golpe militar, o então presidente do Brasil cometeu suicídio, com um único tiro na cabeça, nesse mesmo local.) Estava em uma pizzaria que ficava um quarteirão acima do Novo Mundo. Não havia manchas nas mesas vermelhas de fórmica; os garçons não eram apenas educados, mas também ágeis; *pizzas* com nomes franceses substituíam pastéis ocos e oleosos. Havia pelo menos quarenta tipos diferentes de suco de frutas escritos no quadro que cobria a parede de cima a baixo. Frutas tropicais, frutas importadas com preços exorbitantes, como pêssegos e morangos, frutas amazônicas com nomes que lembram os de caciques abatidos: Tamarindo, Cupuaçu, Genipapo. Porque o povo do Rio nunca se desviava do habitual, ninguém, exceto alguns estrangeiros supercuriosos como Özgür, havia experimentado as últimas bebidas. Foi em uma pizzaria assim que ela conheceu Darren. O inglês tentava pedir uma *pizza* de cogumelos por meio de movimentos exagerados de braços e pernas e, sem perceber, gritando, quando se virou para a turca, que acabara de suar sangue tentando explicar que queria um mate em vez de uma Coca-Cola, pedindo ajuda. Ele a confundira com uma brasileira, com seus cabelos cacheados, baixa estatura e meia dúzia de palavras em português... Darren estava no Rio para fazer um documentário sobre o assassinato de meninos de rua. Ele era um missionário da era da comunicação, dedicando sua vida ao seu trabalho, ou seja, ao voyeurismo de olhos lacrimejantes do Primeiro Mundo. Armado com uma câmera em uma mão, dicionários na outra, e um bolso traseiro cheio de pílulas de malária e preservativos, tendo tomado todas as suas vacinas para tudo, desde febre tifoide até febre amarela, ele estava constantemente arriscando o pescoço em viagens perigosas, correndo da Nicarágua à Bósnia, dos desertos da África às favelas do Brasil.

Özgür, em suas três semanas, já sabia muito bem que nunca seria capaz de sobreviver sozinha nos turbilhões do Rio. Ela esperava que um novo caso de amor aliviasse a nova dor de ter sido deixada de lado, embora o que ela estava confundindo com um desejo de ser consolada era na verdade mais como a ansiedade de um boxeador enquanto tenta aguentar a luta depois de uma pancada. O fato era que ela já havia sido apanhada por uma corrente muito mais forte do que ela, e agora estava fadada a ser arrastada, colidindo com uma costa rochosa após a outra. Os dois estranhos, sitiados pela brutalidade da cidade, inevitavelmente se aproximaram, navegando um em direção ao outro com a força dos ventos eróticos que sopravam das praias. Mas então, antes que o relacionamento tímido deste casal do Velho Mundo tivesse a chance de florescer no clima quente dos trópicos, Özgür cometeria outro de seus incontáveis erros nesta cidade; ela apresentaria Darren a Deborah. Para a carioca nascida e criada na gema, uma noite foi o suficiente...

Sem fôlego após correr pelos letreiros de *neon* e as *sex shops* de Copacabana, Deborah ia levar os turistas até Santa Teresa, a um bar onde todos os clientes cantavam em uníssono e acompanhavam a música com pandeiros, tambores e caixas de fósforos, e onde os pares dançavam entre as mesas apertadas e vacilantes... (Este foi o primeiro encontro de Özgür com Sobrenatural, e com Santa Teresa.) Onde, mais tarde, Deborah iria expor sua arte como se estivesse interpretando uma sonata de Paganini. Uma composição impecável de deusa e pardal, alegria e ternura, ataque e retraimento... Às vezes dançando, às vezes cantando pagodes com uma voz levemente rouca, com movimentos escalfados de Edith Piaf... E depois passando a torcer um guardanapo e explicar a tira de Mobius... Provavelmente ninguém mais nesta terra poderia fazer a palavra "Mobius" soar tão excitante. (Foi quando Darren virou-se para Özgür e disse: "Uma mulher tão bonita, e tão inteligente também! Inacreditável!" Como se estivesse procurando confirmação dela que ele havia feito a escolha certa. Então, ele acrescentou: "Você é uma matemática também, certo?") Özgür lamentou desesperadamente nunca ter tido cérebro suficiente para explicar a tira de Mobius a um homem antes; vestindo *jeans* surrados em vez de um vestido vermelho apertado e brilhante; não ter ainda nessa vida furado as orelhas ou comprado batom; não ter sido capaz de segurar a língua, mas ficando efusiva no assunto de sua "aventura amorosa". A verdade é que, comparados aos de Deborah, seus métodos de flerte no Oriente Médio eram pesados, desajeitados e ridículos, como as carruagens de guerra da história antiga. Ao lado dessa mulher linda, charmosa, habilidosa, rápida e encantadora, ela se sentia o Abominável Homem das Neves do Himalaia. Ela fez uma lista de adjetivos que poderiam ser usados para descrever Deborah: paqueradora, sedutora, volúvel... (Muito mais tarde, usaria os mesmos adjetivos para descrever o Rio.) Apresentando uma imagem impecável do que queria ser: A MULHER.

E para esfregar sal na ferida de Özgür, o casal na mesa ao lado estava se beijando sem parar, exceto para uma bebida ocasional e uma pausa no banheiro, como se estivessem participando de algum tipo de campeonato de casais. E como para ofender Özgür... Como bobos da corte usando exageros para mostrar a realidade em sua forma mais pura ao rei. E um choro manhoso tocava ao fundo, tão apropriado ao melodrama. Seu estômago torceu em uma cãibra. Eles acabaram tendo que carregá-la para o carro e rapidamente levá-la para casa.

O sol estava prestes a nascer quando ela ajustou o despertador para as oito. Ter pena de si mesma já não proporcionava consolo. Estava sozinha no minipalácio de cinco cômodos, pois os donos haviam ido a São Paulo para a Páscoa. Como um tigre em uma jaula, ela vagava entre os pesados sofás cobertos por capas, mesas de café de mogno com pernas finas, castiçais de prata, pinturas religiosas encharcadas de sangue de alto a baixo, curiosidades de Madonna, espadas espanholas, pistolas de duelo, livros de absolutamente nenhum interesse para ela, escritos em uma língua que não conhecia — livros sobre vela, culinária italiana, a Constituição brasileira etc. Quando ela não conseguia mais aguentar a dor em seu estômago, caía sobre o carpete persa e fincava suas unhas nas cobertas do sofá para não gritar. Como se alguém fosse ouvi-la se gritasse! Ela estava cercada por objetos arrogantes e presunçosos, todos olhando para baixo e zombando dela; até os espelhos a ridicularizavam. Um relógio cuco antigo fazia barulho a cada hora, na hora: "Seu idiota, seu idiota!" Aquela dupla de pombinhos, D. e D., pararam na rua DELA (nem a casa nem o campo eram dela, mas ela reivindicou a rua para si) conversando por cerca de quarenta minutos, piando como papagaios, suas risadas subindo até o quarto andar, em uma conversa que provavelmente não incluiu a faixa de Mobius, antes de finalmente partirem para algum destino desconhecido.

Quando a noite estava caindo, antes da Cleópatra do Rio fazer sua grande aparição, Özgür e Darren combinaram de se encontrar na praia de Copacabana às dez da manhã seguinte. Ela sabia que ele não iria, mas, mesmo assim, acordou ao raiar do dia e se preparou para sair. Estava fazendo mais uma vez o que uma mulher desleixada recém-chegada de um país invernal e que geralmente é descuidada com sua aparência deve fazer antes de vestir um maiô; aquela batalha sem sentido de Sísifo contra os pelos corporais. Ela se sentia exatamente como os cabelos que caíram no jornal que espalhara no chão; natural, inofensiva e, por algum motivo, indesejada.

A Páscoa, uma Páscoa em que todos os relógios paravam, começara assim. Ninguém apareceu em Copacabana. Claro, meio milhão de pessoas amontoadas nos quatro quilômetros de praia com suas cordas G, pareôs, guitarras, tambores e corpos que brilhavam como se tivessem sido fritos. Mas ninguém veio buscá-la...

A Páscoa havia começado, e todos os relógios pararam a mando da má vontade que reinava sobre a cidade. O despertador cumprira sua função final às oito horas, os pássaros cucos falantes e zombeteiros haviam subitamente se retirado para seus ninhos e as baterias do relógio de pulso dela haviam acabado. Ela ainda não tinha aprendido onde poderia comprar pilhas de relógios, por mais simples, infinitamente simples que fosse, era uma informação vital. A temperatura subitamente subiu para quarenta e dois graus. Ela não conseguia fazer o ar-condicionado funcionar. Estava sozinha e trancada em uma casa que parecia um cemitério, com um telefone parado como um cadáver. Quatro dias sem fim, quatro noites abismais... Era como se estivesse quase morta. O silêncio montou um ataque completo; quando os relógios pararam, o mesmo aconteceu com o tempo. Como um inseto incapaz de se libertar de seu casulo, estava confinada a andar dentro dos limites de um único dia. Um casulo quente e pegajoso gradualmente ficando sem oxigênio... Ela começou a ter ataques de asma.

  Às vezes, ela chegava à beira da insanidade e se jogava nas ruas escaldantes para continuar acreditando na realidade do mundo exterior. Subia e descia a avenida Copacabana, a única rua da cidade que conhecia. Como Rudolf Hess, o último prisioneiro remanescente da Alemanha nazista andando de um lado para o outro no pátio de sua prisão. O calor rapidamente *devorou toda a sua energia. Ela não conseguia ler, comer ou respirar. Sentiu que seus pulmões estavam cheios de fleuma quente. Cada peça de roupa que experimentava era muito pesada. Seus lábios estavam rachados de sede, sua urina era da cor da lama. Relâmpagos azuis constantemente faiscavam diante de seus olhos sem brilho. Todos os relógios pararam e ela estava enlouquecendo; o tempo passou tão V-A-G-A--R-O-S-A-M-E-N-T-E, tão V-A-G-A-R-O-S-A--M-E-N-T-E. Ele espiralava, girava e serpenteava, dividindo-se e bifurcando-se em deltas. Minutos indecisos, esquecidos, caindo ruidosamente uns em cima dos outros... Grãos de areia caindo um a um... Da vida à morte, da ordem ao caos, da vida...*

Encontrou a mulata de Copacabana no Domingo de Páscoa. Seus caminhos se cruzaram no Ponto Zero. Naquele dia, Jesus completou sua jornada pela Terra dos Mortos e decidiu voltar à Terra. Ou uma semelhança dele, pelo menos...

Ela deixou seu apartamento por causa da fome penetrante que arruinou seu estômago. O único acontecimento animador recente foi a descoberta de um restaurante libanês. Imaginava a pita recheada com queijo branco e salada de berinjela que comeria no quiosque restaurante composto por quatro ou cinco mesas espalhadas aleatoriamente na frente de um balcão. A única fantasia que sua imaginação paralisada era capaz de produzir... Mas ela simplesmente não conseguia encontrar o restaurante. Havia registrado em sua memória que ficava perto de um dos pontos de ônibus; no entanto, com um descuido característico, ela se esquecera de anotar o nome da parada. Andou por toda a volta, quase rastejando, à beira de desmaiar de fome e calor. Então, de repente, talvez na quarta viagem em frente à mesma parada, viu a mulata. Ela estava sentada com as costas contra um poste elétrico, as pernas abertas descuidadamente à sua frente, na rua onde um fluxo constante de veículos passava em alta velocidade. A mulata estava dormindo. Estava descalça e usava um vestido tão imundo que sua cor era indistinguível. Manchas de pele acinzentada apareciam através de sua cabeça tosada. Ela não registrou nenhuma reação, mesmo quando os ônibus batiam na sola de seus pés e o escapamento soprava em seu rosto. Que sono profundo!

Özgür parou a alguns passos dela. Havia algo estranho na mulher, ou melhor, na cor da mulher. Seu rosto era de um amarelo sujo, o que poderia ser descrito como a cor da cera de abelha; era uma cor muito estranha, mas muito estranha mesmo, não pertencente a nenhuma raça. "Devido à fome, provavelmente", foi o pensamento original de Özgür. Então, de repente, Özgür acordou, despertada pelo diabo. Relâmpago que, em vez de iluminar sua mente, a incinerou... A mulher estava morta! Ela se aproximou da mulher com passos tímidos, pronta para atacar e correr a qualquer mo-

mento, tentando abafar seu horror. Ela viu a ferida profunda, que parecia um buraco perfurado bem no ponto onde seu pescoço e crânio se encontravam, e o sangue seco cobrindo suas costas. A mulher tinha sido morta! Desesperada, olhou ao redor, querendo pedir ajuda. Carros, motocicletas, ônibus, todos traziam pessoas indiferentes voltando do serviço de Páscoa, ou de refeições longas e demoradas, ou da praia. Todo mundo estava em seu próprio mundinho; todos tinham baixado as cortinas. A mulher atraiu menos interesse do que um saco vazio jogado em um canto. Como se ela fosse uma mancha amarela horrível e suja na superfície brilhante e imaculada da vida. Uma gota de cuspe na cara da humanidade!

A quem poderia pedir ajuda? Ela nem sabia as poucas míseras frases em português necessárias para pedir a alguém o endereço da delegacia mais próxima. Ela estava cara a cara com uma vítima de assassinato em plena luz do dia, na rua mais movimentada da cidade, e não sabia o que fazer. Nem sabia onde as baterias de relógio eram vendidas nessa maldita cidade! "Deixe os mortos enterrarem os mortos!"

Despedaçada, desmoronada, triturada, mais perto de um estado de nada do que nunca, correu de volta para seu único refúgio, seu minipalácio de cinco cômodos. De repente ali estava, bem na frente dela, como um oásis no deserto, o restaurante libanês. Sem pensar duas vezes, ela entrou e pediu uma massa recheada de espi-

nafre, salada de berinjela e uma pita recheada com queijo branco. E um suco de mamão gelado... Ela não sentiu nada, absolutamente nada; apenas um tremor vago e insidioso se instalara em seus lábios. Quando esfaqueou a massa de espinafre com o garfo, uma massa gordurosa e viscosa de espinafre voou dela. Nesse momento, pensou que iria vomitar. Só nesse momento...

No entanto, apesar de sua horrível sensação de enjoo, ela comeu até o último pedaço de sua refeição. O mal-estar não cessaria por semanas; continuaria por meses, anos. Desceria sobre o Rio como uma nuvem amarela e suja. Uma nuvem gordurosa e viscosa que não oferece nenhuma chance de escapar.

O processo de destruição havia começado.

Agora ela também sabia o que todas as pessoas que chegaram ao Ponto Zero sabiam: todos os cadáveres que uma pessoa encontra a atingem em um ponto, o mais fraco: o cadáver dentro de nós.

Ela respirou fundo e colocou a caneta sobre a mesa. Seus olhos ainda estavam no caderno verde, ainda presos em seu próprio passado. Ela havia terminado seu romance; não havia mais nada que quisesse dizer ao mundo, havia descrito seu inferno até o último detalhe. Chegou à última estação no labirinto da realidade onde todos os caminhos levam ao mesmo ponto cego. Foi torturada e sentiu como se tivesse encolhido até a metade de seu tamanho; mas, ao mesmo tempo, sentiu como se tivesse crescido. Ela havia saído do processo de destruição; ela o havia capturado por toda a eternidade dentro de limites estritos, como um inseto enterrado vivo em âmbar, o qual poderia contemplar com espanto sempre que quisesse.

Percebendo que um silêncio assustador de repente caiu sobre o restaurante, ela, perplexa, levantou a cabeça. Ela não sabia dizer qual dos dois universos em que se encontrava era mais real. Todos os clientes ficaram em silêncio mortal, e estavam olhando para o homem corpulento de quase dois metros de altura, inspirador de medo, na entrada, como uma orquestra focada na varinha do maestro. Ele estava bem conservado, mas suas roupas pareciam pertencer a outra pessoa. Ele tinha um gorro torto de três ou quatro tamanhos menores que sua cabeça e segurava uma enorme pilha de papel. Seu olhar deslizou sobre os objetos de seu foco como manteiga. "É como se houvesse um poço no centro de seus olhos", Özgür pensou consigo mesma. "Como se ele tivesse acabado de ler o Livro dos Mortos e tivesse entendido completamente seu significado." Ela lembrou de Oliveira.

O gigante olhou cuidadosamente para cada pessoa na sala, uma por uma, como um sultão examinando seu harém, antes de decidir sobre Özgür. Ele cuspiu algumas palavras para ela com o canto da boca. Uma maldição ou uma ameaça... Ele caminhou até ela com movimentos desajeitados, aparentemente além de seu controle mental, mais como um gorila do que um homem. Esbarrando nisso e naquilo, deixando os papéis caírem para a direita e para a esquerda... Ele parou em frente à mesa de Özgür, como uma montanha negra e escura.

"Então você não quer falar comigo, hein?"

Ela rapidamente enfiou o caderno na bolsa; tinha que ganhar algum tempo para dar ao louco uma resposta que o tirasse de seus cabelos. De alguma forma, todos os lunáticos acabavam na porta dela! Ela deveria dizer que não fala português? Nunca é sensato deixar claro que você é estrangeiro no Rio. Incapaz de decidir o que fazer em seguida, levantou os olhos e olhou para o homem, simplesmente deixando os acontecimentos seguirem seu curso. Assim, o homem atacou. Não Özgür, mas a mesa bem ao lado dela, em que um jovem vestido de macacão de construção estava sentado sozinho... Ele pegou a última fatia de *pizza* do prato do jovem e mordeu-a com voracidade, raiva, vingança. Era como se ele tentasse lembrar ao mundo, que tanto o atormentara, por tanto tempo, de seu lugar; para provar que, apesar de toda a sua gordura, seu molho, seus nomes franceses extravagantes, ele rasgaria a humanidade em pedaços entre seus caninos, a qualquer momento que quisesse... Ele engoliu meia fatia em uma única mordida, fazendo uma careta de repulsa. Ainda mais ágil e furioso do que antes, em um único e grandioso movimento ele jogou a *pizza* restante de volta no prato.

Você poderia ouvir um alfinete cair; todos, inclusive os garçons, ficaram como que hipnotizados. Com os mesmos passos rápidos e mecânicos, como aquelas cabeças de palhaço saltando de suas molas, ele caminhou até o balcão, pegou o *ketchup* e quase esvaziou a garrafa. E então ele engoliu aquela pobre meia fatia, que agora parecia um cormorão se afogando em um mar de sangue, e saiu correndo. Ele desapareceu tão rápido quanto apareceu, deixando para trás resmas de boletins da igreja metodista e a sombra escura de sua raiva...

O silêncio mortal continuou a reinar no restaurante por algum tempo, como se não houvesse mais nada a dizer. Özgür estava observando o jovem que acabara de ter seu último pedaço de *pizza* roubado. Ele estava um pouco chocado, e um pouco magoado. Como todas as vítimas, ele perguntou: "Por que eu?" Ele se ressentia de ter sido observado enquanto estava em um estado tão lamentável, e, ainda por cima, por uma mulher. Ele voltou os olhos para a rua e colocou um sorriso no rosto. À medida que o pequeno restaurante de horrores voltava lentamente a animar-se; quando as piadas, comentários e provocações começaram mais uma vez; enquanto os clientes voltavam a devorar suas *pizzas* de cogumelos, engolir suas cervejas de torneira e se envolver em conversa fiada; e à medida que a vida voltava ao seu estado familiar, comum e seguro, como um galho que volta depois de ter sido esticado até onde pode ir; com o que parecia ser uma força de vontade quase sobrenatural, ele manteve aquele sorriso apertado em seus lábios. "Uma mistura entre a Mona Lisa e o gato de *Alice no País das Maravilhas*", pensou Özgür. Ela pediu um suco de mamão e escreveu suas frases finais no caderno verde.

A equação para o caos é realmente muito simples. Vida = vida. Morte = morte. No entanto, cada um de nós procura formar sua própria equação e tornar o mundo equivalente a ela. Que vaidade!

Não há nada no mundo real profundo o suficiente para conter o que está dentro de você; mas você também, com sua vida, sua morte e todos os seus sonhos, não é maior que um ponto oco na terrível eternidade da realidade.

Estava escuro quando ela saiu. Mais uma noite de domingo nos trópicos havia começado. O Rio de Janeiro foi talvez a única cidade do mundo que não foi vítima da melancolia dos domingos. Os cariocas não suportavam solidão, silêncio ou tristeza, nem por um segundo. Mas ainda assim, mas ainda assim... As noites de domingo eram sempre aterrorizantes para um estrangeiro.

Em pouco tempo as ruas se encheriam de gente se sentindo novinha em folha depois de um banho frio, usando maquiagem fresca, revigorada por esperanças noturnas. Uma corrida louca pelas domingueiras, clubes, bares, restaurantes e *shows* na praia estava prestes a começar. Entre as infinitas opções disponíveis, cada um escolheria um recanto, um ritmo certo para si. Samba, axé, bossa-nova, tango, *jazz*... Aqueles que estavam lisos estacionavam suas espreguiçadeiras em frente às lanchonetes e ligavam seus aparelhos de som a todo vapor. Você poderia dançar em qualquer porta, fazer amor em qualquer canto isolado. Até os moradores de rua conseguiam encontrar uma melodia para se agarrar. Na noite aveludada, a morte se dissolveria, como um punhado de tinta em pó jogado na água, e imprimiria sua assinatura invisível na noite. Cartas de luxúria que seriam enviadas, nuas, sem envelopes de amor. As pessoas da cidade iriam guardar como se fosse um tesouro tudo que eles conseguiriam colocar as mãos para ocupar o tempo até o amanhecer. Construíam uma pilha enorme de caixotes de cerveja, garrafas de cachaça, resmas de canções e amantes de várias cores e tons, para se defenderem da investida da solidão. Özgür também vinha praticando isso há meses. Ela comprava maço após maço de cigarros, alinhava suas canetas, ordenava suas memórias em uma esteira rolante para transformá-las em frases. Durante meses, agarrou-se com força à caneta, assim como um acrobata andando na corda bamba segura sua bengala de equilíbrio. Todas as noites, sem exceção, ela aguçava sua imaginação com a determinação de um cavaleiro cingindo suas armas; colocando letra em cima de letra, frase em cima de frase, dor em cima de dor, até que, finalmente, construiu uma fortaleza. Uma fortaleza cuja arma secreta seria revelada no primeiro ciclone da realidade...

UMa ViajaNTe NaS RuaS do Rio - A Noite

A luva de veludo preto estava lentamente se aproximando do rubi que brilhava no horizonte. A noite tropical, capaz de penetrar até um diamante, como uma língua molhada lambe o corpo, penetrando todas as frestas e penetrando o tecido; e lá, lá no fundo, encontra seu ritmo. A noite, reverberando em cada pulsação...

O viajante se deixaria levar pelo chamado das ruas, na sua leveza requintada e insuportável... Iria agarrar-se a uma das caravanas a caminho da terra da noite. Perder-se num som, encontrar-se num frenesi, saborear a mais venenosa das paixões. O som dos tambores de longe; tom-tons, atabaques, marimbas, pandeiros... Chegaria à fogueira gigante no imenso deserto da solidão. Ela também se *juntaria à multidão que dançava histericamente. Multidão de divorciados de suas correntes, extasiados, amaldiçoados de prazer... Aqueles que dançam desesperadamente, para que seus fogos combinados iluminem a noite que os cerca, e a noite dentro deles... Ao mesmo ritmo, no mesmo deserto, na mesma noite... Aqueles que descem às profundezas do nada, em passo, de mãos dadas, ombro a ombro... O Grande Segredo estava ali, bem ali naquele ponto cego: A vida é um sonho visto entre duas piscadelas de olhos. Um sonho, só isso...*

"Gritos, bateria, dança, dança, dança, dança!"

E OS FOGOS DE ARTIFÍCIO EXPLODEM!

O destino de cada um é pessoal
Apenas na medida em que se assemelha
ao que existe em sua memória.

— Eduardo Mallea

Ela estava na ampla praça entre o antigo palácio presidencial e os becos escuros que levavam à favela Blue Hill. A brisa da noite que soprava do oceano havia afrouxado o colar de ferro em torno de sua garganta. Os últimos espetáculos do dia estavam sendo gradualmente apagados sob as luzes da cidade e, silenciosamente, se retiravam das ruas para dar lugar à noite. Mascates que vendiam pedras semipreciosas, colares do zodíaco, figurinhas de tucanos, beija-flores e papagaios e livros de segunda mão estavam reunindo suas barracas; os trabalhadores dos quiosques estavam enchendo suas cafeteiras e estendendo barris de cerveja para os viajantes sedentos que atravessavam uma vasta escuridão; crianças de rua devoravam as últimas bolachas e doces em suas bandejas de exibição e, agarrando-se firmemente a seus escassos ganhos, partiam em busca de suas mães para o jantar. Os ônibus que voltavam das praias estavam lotados de passageiros com cheiro de sal e cabelos molhados. Seus corpos lânguidos por todos os raios que absorviam jaziam como sacos vazios, com sandálias de areia, toalhas e cangas espalhadas ao redor deles. Uma multidão elegante em frente ao Centro Cultural esperava para entrar no cinema para a sessão das 19 h 30, com pipoca doce, Coca-Cola e castanha de caju na mão. Özgür olhou por cima dos cartazes. O cinema no centro da cidade era o único lugar para assistir a filmes decentes. Naquele dia estava sendo exibido *Drácula*, de Bram Stoker.

    Um menino de cerca de quinze ou dezesseis anos desfilou no que só poderia ser descrito como uma dança de guerra. Seu cabelo cortado na última moda, como a crista de um galo, uma camiseta laranja-claro com um desenho de peixe, tênis americano e bermuda com o emblema "Child of Rio"... Tudo no menino gritava: "sou favelado, gosto de cocaína e cola. Um dia desses eu vou ser um pistoleiro infernal..." Uma melodia percorreu sua cabeça. "Ele era um bandido..." As palavras perfuraram seu coração mais uma vez; exatamente como quando ela as ouviu cantadas pelo homem de voz rouca em Santa Teresa naquela tarde. Seus olhos se encheram de lágrimas. Era como se em um único golpe agudo, toda a dor, a decepção, todos os golpes que ela havia recebido no passado tivessem se alojado em um pequeno ponto de seu coração, não maior que o buraco de uma agulha. Ela encontrou o seu basta; chega de se agarrar à vida, de se defender, de levar bofetada atrás de bofetada na cara...

    "Ele era um bandido, mas era um cara legal." Aquelas terríveis migrações de domingo à noite... Eram longas, terrivelmente longas, um resíduo espesso, uma escuridão coagulada... Apertando a caneta, ela escreveu, pois escrever era a única coisa que tornava a noite suportável. Pois assim como um soldado está profundamente familiarizado com o medo, e um acrobata está intimamente familiarizado com seu corpo, também é profundo o conhecimento da solidão do vagabundo. Especialmente uma viajante nas ruas do Rio! Uma viajante sem porto nos trópicos... "Que negócios você tem aí nesta cidade, afinal?", sua mãe havia perguntado, com uma voz preocupada, com cheiro de inverno do hemisfério norte. "Por que você ainda não voltou?"

Seus dedos foram para a protuberância em sua bolsa, para o caderno, suas fracas pulsações sob o couro gasto revelando que ele estava vivo. "Mesmo que eu tenha perdido dois longos anos, pelo menos escrevi um livro. Pode não ser útil a ninguém, nem salvar ninguém de nada. São apenas fenômenos que selecionei para substituir a realidade, mentiras que lambem minhas feridas... Algumas contrações brilhantes em um oceano de escuridão. Trêmula, básica, encantada... escrevi, porque não encontrei outra capa, nenhuma outra proteção contra a morte nesta cidade que dá à vida humana um valor de dez a quatrocentos dólares por cabeça. Agora estou sozinha com meu próprio filho corcunda, mas estou ainda mais solitária do que antes."

Eli apareceu de repente na porta da pizzaria que era o berço do Ponto Zero, como Lázaro ressuscitando dos mortos. Ele estava indo para o Centro Cultural, sua postura rígida como a de um guerreiro índio, seu passo inconfundivelmente singular. Quando andava, era como se dançasse num ritmo magnífico que só ele podia ouvir... Como se a vida fosse um capoeirista empunhando sua faca, mas Eli há muito aprendera a se proteger dos ataques de seu extremamente ágil, astuto e poderoso rival. Em um piscar de olhos, Özgür correu para um beco e desapareceu na noite, apenas alguns segundos antes de ficarem cara a cara.

Eli era a única fotografia do Brasil — aquela massa amaldiçoada e deteriorada de um país — não salpicada de sangue. O único nome que a impedia de riscar um X mordaz sobre uma lista interminável. No entanto, ele era o verdadeiro filho da violência. Nasceu na África da América do Sul, antigo porto de escravos, Salvador de sete portas. "Não me lembro da minha mãe; ela morreu antes mesmo de eu começar a engatinhar. E ela provavelmente não se lembrava do meu pai", ele explicou, pontuando o final de suas frases com o sorriso acre, irônico e tocante que ele usava em vez de pontos finais. "Eu tinha cinco anos quando fui estuprado pela primeira vez. Quando me resgataram das garras do meu tio e de quatro amigos dele, tiveram que me dar pontos para evitar que eu sangrasse até a morte. Até na minha boca... Aquele dia foi apagado da minha memória, mas ainda me lembro do meu tio. Como dizem, você sabe, você carrega seu primeiro amor com você para o resto da vida." As memórias mais duras de sua infância, uma infância que ele descreve como "uma pedra negra como carvão que ainda está presa na minha garganta", são as noites que ele passou em um orfanato miserável tentando lutar contra o sono... Como um cachorro de "fundo frouxo", ele apanhava com barras de ferro todas as manhãs até seus catorze anos, pois ele fazia xixi na cama. A fome que estava gravada em algum lugar ainda mais profundo do que sua memória, em seu próprio corpo; os estupros, dos quais ele se tornou o perpetrador quando seus músculos estavam suficientemente desenvolvidos; chuvas mornas com cheiro de oceano entrando pelas janelas quebradas do dormitório; o vento com assobios de neblina, o repicar de sinos, o chamado de praias distantes... Conheceu o sexo oposto aos dezoito anos; ele o estudou como um biólogo europeu estuda os macacos da Amazônia, mas nele não conseguiu encontrar nenhum traço de seu mundo. Depois de tantas brasileiras, que eram pegajosas como urtigas e viam a homossexualidade desse Hércules de pele negra como um desperdício horrível, ou, pior ainda, como um insulto, a introvertida, frágil Özgür, aquela gringa de costas distantes, era um porto.

Eles se conheceram no Flamengo, no curso de dança africana. Quando ela pôs os pés pela primeira vez no estúdio de dança, progrediu com os joelhos trêmulos diante do olhar da trupe, todos eles dançarinos profissionais — e todos eles negros, e todos eles *gays* — enquanto o olhar deles transformava seu sangue em vapor. (E gritavam coisas como: "Mais uma branquinha que quer dançar igual aos pretos!"... "Primeiro ela tem que ser fodida por um preto, cara!"... "Ai, pare! Isso dói!") Ela se refugiou atrás da única pessoa que sorriu para ela. E foi assim que aprendeu a dançar *jazz*, os rituais africanos, o candomblé... E aquele único segredo do corpo, que só o continente negro conhece: o ritmo... Mantendo os olhos fixos nas costas musculosas de Eli, imitando seus movimentos incrivelmente elásticos, simulando sua dança, que dava a cada batida do tambor o seu devido movimento... Eles eram a dupla mais intrigante da classe. Um dançarino de candomblé negro como carvão, com o corpo de um deus grego, e a bailarina branca de marfim semelhante a um esqueleto. A harmonia que se desenvolveu entre eles ao longo do tempo foi nada menos que extraordinária. Até a trupe arrogante começou a tratá-la decentemente, apesar de seus três pecados capitais: ser branca, mulher e gringa. "Só tem um jeito de dançar no candomblé", Eli explicara. "Sem inibições; você não pode se conter; você não pode esconder nada. Você tem que dançar como se fosse morrer, não amanhã, e não em quarenta anos, mas agora — assim que a música parar."

    Ela havia se agarrado a Eli, feliz por finalmente ter encontrado alguém a quem poderia dirigir seu amor sem perigo. E Eli se apegou... O relacionamento deles era livre de qualquer tipo de exigência, tirania ou barganha. Trazia o tipo de espontaneidade vista apenas em amizades entre crianças. Cheio de pureza e inocência, características tão dolorosamente ausentes no Rio... Na verdade, Özgür não acreditava muito em palavras altas como "inocência". E ela também não conseguia explicar o que significava pureza. O amor que sentia por Eli definitivamente não era assexual. Ao contrário, ela o desejava tão ardentemente que ele a fazia estremecer como uma folha apanhada em uma tempestade. Mas ainda assim... Mas ainda assim, quando se deitou na cama de solteiro de Eli e descansou a cabeça em seu peito, sentiu que finalmente estava lá, em seu paraíso perdido, embora não acreditasse na existência dele e não fazia ideia de como era.

Eli havia seduzido o arrojado e renomado diretor Sergio Mancini com a experiência da Broadway; primeiro, ele havia cedido aos caprichos do homem hedonista de sessenta e poucos anos e assumido o papel principal em suas fantasias sadomasoquistas. E assim ele conseguiu arrebatar o papel de Romeu no "Musical do Ano". Agora Özgür seguia sua ascensão vertiginosa no mundo do entretenimento apenas através do jornal. As forças combinadas do ciúme do lobo grisalho e a habilidade de Eli para sobreviver, característica que ele adquiriu na terna idade de cinco anos, imediatamente tiraram Özgür de cena.

A noite do Juninho, a festa pagã, quando uma série de balões cheios de velas e lampiões explodem no céu um após o outro... Ela esperou naquele bar horrível da Cinelândia até o último ônibus para Santa Teresa. Jogou *De Profundis* no lixo e encontrou Roberto. "Você simplesmente não pode parar de perseguir aquela coisa que você mais teme, pode?" Roberto havia lhe dito.

Ela não ligou para Eli novamente. Ela o havia escrito, inscrito na página. Na época, comparou sua dor à de uma mãe que perdeu o filho. Mas nunca teve um filho próprio. A única coisa comparável ao amor materno que ela tinha eram seus sentimentos em relação a *A cidade vestida de sangue*. Mas agora ela sentia falta do Eli de seu romance, ainda mais do que sentia falta do verdadeiro Eli. Prezado, Eli! Eli, que dançou como se fosse morrer quando a música parasse, como se já tivesse morrido muitas mortes, mas que aprendeu a sobreviver aos cinco anos! *Lama sabakhtani?*

Um poste de luz no início do caminho até a favela acendeu cedo, iluminando o homem de jaqueta de couro que estava ali como uma estátua de granito. Seus olhos se encontraram. Ele olhou para Özgür da testa dela até os calcanhares, com um olhar que deslizou como caracóis viscosos. Como se ela fosse um pequeno inseto fedorento diante dele. Seu rosto, enegrecido pela fuligem de uma chama interna, estava tão desprovido de vida quanto o de um zumbi. Luzes de alerta se acenderam no cérebro de Özgür. Ela nunca tinha visto tanto vazio, tão vazio de significado. "Esse homem não deve ter alma nenhuma. Um assassino... Um assassino que mata não por dinheiro ou prazer, mas como uma forma de existência, uma forma de se expressar. É como se ele tivesse saltado das páginas de *A cidade vestida de sangue*." Ela relaxou quando percebeu que o homem não estava prestando atenção nela; ele estava observando os caminhões subindo a Blue Hill. Provavelmente era um policial, muito provavelmente um policial civil da Delegacia do Catete.

FOGOS DE ARTIFÍCIO! Özgür foi pega no meio de um bombardeio e ficou congelada na calçada que tremia a cada explosão aterrorizante. Ela havia esquecido onde estava, para onde estava indo, até mesmo quem era. Chamas azuis e fosforescentes inundaram sua consciência. Num relâmpago, os fogos de artifício surgindo da favela Blue Hill encheram o céu escuro de cometas coloridos, jorros de faíscas, flores de lótus em chamas e pedras cintilantes que caíam como contas de rosário estourando. Eles estavam subindo em direção ao zênite do vazio sem fim, e mergulhando nas profundezas da noite, indo a toda velocidade em direção a sua morte, deixando traços cintilantes de si mesmos para trás. Direto para aquele momento em que se cria uma terra de contos de fadas de uma cidade vestida de sangue... Um foguete cheio de pólvora dá origem a um universo fantasticamente belo, transformando abóboras em carruagens e assassinos em anjos. O negro Orfeu abafa todos os gemidos, choros, gritos da terra... Naquele exato momento, Özgür viu uma máscara imaginária brilhando no nada, respirando.

Quando os caminhões carregados de cocaína chegaram ao topo da Blue Hill, ela chegou a uma descoberta totalmente inesperada e traumática. Os fogos de artifício haviam desenhado um retrato da escuridão com os traços mágicos e trêmulos de sua morte, mas ao mesmo tempo catapultaram Özgür para o passado. Como um grito que tanto acena para a noite quanto a rasga em pedaços. Özgür tinha entendido que estava apaixonada pelo Rio de Janeiro, onde a palavra amor perece antes mesmo de ser dita. E que seu destino estava entrelaçado com esta cidade de penhascos desde que viu pela primeira vez aquela aberração de cor ruidosa de um cartão-postal... A cidade de penhascos, carcaças e águias... O Rio era pingos de chuva pontiagudos; o ônibus de Santa Teresa com todos os bêbados e assaltantes cantando em coro; a cacofonia enlouquecedora dos tambores carnavalescos... Foi aquela voz melancólica do homem negro que a arrebatou desde o primeiro dia, e a bandidos de bom coração; presentes de Eduardo; as mangueiras da escola de balé com macacos saltando de seus galhos; conchas que tingem na brisa que vem do vale... o sorriso de Eli naquele primeiro dia, um sorriso que jamais se apagaria... a baía de Guanabara, escondendo a gargalhada aterrorizante do oceano... A selva, sempre avançando na sua interminável sede de luz, que tecera os seus ramos num abraço firme do seu coração... Ela havia amado os trópicos perigosos, infernais e melancólicos.

Era um amor que existia apenas para ela; destituído, ferido, inconsciente, tão próximo da insanidade, carregado de repulsa e ódio — um amor destinado a buscar sua própria aniquilação. Como uma flor murchando na vitrine de uma loja, envenenada antes que pudesse chegar a alguém, manchada da maneira mais humana possível.

A morte a havia confrontado em cada esquina; uma morte gorda, gulosa e inconstante se infiltrara em cada palavra que escrevia. No entanto, era outra coisa que ela havia tentado capturar naqueles labirintos escuros. O que havia buscado nos olhares velados dos moradores de rua, por trás das máscaras de Carnaval, nas favelas miseráveis... O desejo desesperado do corpo pela vida, mais antigo e mais forte que as palavras... Era isso que ela enfrentava todos os dias, a cada momento, andando para cima e para baixo nas ruas como uma sonâmbula... O ritmo que pulsava no coração da cidade vestida de sangue, subindo das calçadas em chamas e se contorcendo no corpo, era o ritmo criado no chão sujo das cabanas de escravos que se curvaram ao chicote durante séculos. Foi o Orfeu Negro que, quando a noite caiu e seu corpo lhe pertencia somente, começou a cantar sua melodia melancólica. Ela ouvira suas melodias, as sentira vagamente, as carregara dentro de si; mas não conseguiu colocá-las em palavras.

Ela havia escrito *A cidade vestida de sangue* e obteve sua vitória pessoal contra a morte. Sua vitória trivial, insolente, desajeitada, enganosa... Como um deus vendo sua imagem no universo imperfeito de sua própria criação, só agora ela finalmente entendeu que nunca tinha sido capaz de amar a vida, de amar apenas pelo bem da vida. E ela nunca havia ficado em paz com isso; mas no final, quando abriu os olhos no Ponto Zero, foi capaz de abençoá-la.

A rua, com sua massa de sacos e caixas e latas de lixo, era um cemitério de carros. Carros sem motor, faróis e pneus tinham sido rolados pelas calçadas como tantas vítimas de tortura. Chevrolets e Dodges dos anos 1960... Um Buick, sua boca desdentada sorrindo como um cadáver, seus olhos arrancados... Um esqueleto de alumínio meio queimado... (Özgür não sabia dizer qual era, mas sua placa traseira ainda estava no lugar.) Ela sentiu um cheiro de lenha queimando que envolvia a rua como uma nuvem subindo do submundo. Sentiu o calor absorvido pelo asfalto se espalhar por seu corpo enquanto caminhava a esmo entre os pregos espalhados, parafusos, capuzes, cacos de vidro e poças de óleo. Um armazém soprou uma lufada de ar frio em seu rosto. Havia algo sobre esta rua que lhe parecia tão familiar. O cheiro, talvez... Seu pai costumava ter o cheiro da fábrica, das máquinas, dos cabos onde trabalhava quando voltava para casa. Aos olhos de Özgür, era um mundo enorme, masculino, inspirador de confiança, onde apenas grandes e importantes trabalhos eram feitos. Por que ela não escreveu uma única carta em meses, desde que começou a escrever seu romance? Por que não ligou para Eli, nem mesmo uma vez? Talvez tivesse preferido preservar o vazio interior e escrevê-lo para o verdadeiro Eli.

    A alegria singular desencadeada pelos fogos de artifício se extinguiu tão rapidamente quanto um balão perfurado por uma agulha. No momento em que ela alcançou o coração da realidade, que capturou a eternidade, essa já escorregava por entre seus dedos. Mais uma vez vestiu seu véu de estilos de vida, símbolos e conceitos. Talvez letras banais, cantores melancólicos, bateria e fogos de artifício fossem seus guias não apreciados... "Toquei Anne Frank novamente. O meu é o sentimentalismo chorão dos migrantes. Quando nossa solidão se torna muito dolorosa, nós a transferimos de vaso para vaso, atribuindo tal profundidade à vida, que é, na realidade, totalmente sem sentido!" Ela estava obcecada com os detalhes técnicos de seu romance. Por exemplo, as seções em primeira pessoa que ela não conseguia decidir se deveria ou não integrar em seu romance. E também não sabia onde colocar o capítulo Ponto Zero. A essa altura, o que havia construído era mais frágil do que um castelo de cartas. Um erro, e estava fadado ao colapso. Ela arquivou uma nota de rodapé no canto de sua mente: "Hanabi, que significa fogo de artifício em japonês, é a combinação de Hani e Bi; que é o Fogo, que simboliza a morte, e a Flor, que simboliza a vida..."

    "Ei, me dê sua bolsa, ou eu vou cortar sua garganta!"

Ela ergueu os olhos do chão, perplexa como um paciente despertado do sono. Não conseguia entender por que estava sendo perturbada.

"Ei, você! Eu estou falando com você. Me dê sua bolsa!"

A jovem à sua frente era uma mulata roliça e extremamente baixa, mal alcançando o queixo de Özgür. Sua pele marrom escura brilhava sob a luz do poste de luz, e ela tinha dentes grandes e fosforescentes. Seus olhos eram como os de um esquilo e pareciam ligeiramente vesgos. Ela tinha no máximo dezoito anos, mas seu rosto envelheceu antes mesmo de ter derramado as espinhas da adolescência. Vestia uma blusa rosa brilhante. "Que cor sinistra!" Özgür, que odiava rosa, pensou.

"Não, querida. Eu certamente NÃO vou te dar minha bolsa", Özgür ouviu uma voz dizer; mas nem a voz macabra nem as palavras vieram dela.

"Dê para mim ou eu vou cortar sua garganta."

Em um movimento descuidado, sem entusiasmo, ela ergueu a garrafa quebrada que tinha nas mãos. Por um breve momento, a poeira levantada pelo vento cintilou, desenhando um arco brilhante no ar. A ameaça que ela representava era tão importante que Özgür imediatamente sentiu que ela era uma amadora. De seu corpo, Özgür podia ler claramente o medo que ela tentava esconder sob sua cara de pôquer. Uma dose de coragem que ela pegara emprestado de alguém determinado com intuito de agir com determinação... Özgür sentiu uma pontada de simpatia e considerou compartilhar tudo o que tinha com a garota. Ela até se sentiu mal, pois tudo o que lhe restava eram alguns míseros reais. Por um momento, as duas pararam. Elas não sabiam como continuar. Depois de alguns segundos que pareceram durar séculos, a jovem repetiu sua fala anterior, provavelmente porque não conseguia pensar em nada melhor.

"Estou lhe dizendo, me dê sua bolsa! *Capisci?*"

De repente, seus olhos brilharam. Por mais que sua mente estivesse entorpecida pela fome e pelos espancamentos, ela vivia nas ruas do Rio há anos e era tão astuta quanto um animal de caça que tinha sido encurralado uma e outra vez. Além disso, ela também era uma ótima juíza de caráter; logo, imediatamente percebeu que a mulher esquelética, abatida e distraída diante dela era uma estrangeira.

"Dólares! Dólares! Entende?" Ela disse em inglês.

"Eu não tenho nenhum dólar, querida", disse Özgür em um português fluente de repente. A verdade é que ela realmente não suportava ser confundida com uma turista.

"Vou cortar sua garganta!"

Desta vez ela balançou a garrafa com mais desenvoltura, e a poeira cintilou mais uma vez. Ter discernido que sua vítima era estrangeira aumentou sua autoconfiança e intensificou seu ódio. Um sorriso arrogante se instalou em seu rosto. Özgür olhou para os seios fartos da mulher jorrando de sua blusa rosa reveladora. Devido à diferença de altura, ela conseguia até identificar os mamilos da mulher. Eles eram o par de seios mais atraentes que ela tinha visto em toda a sua vida. Eles ficaram eretos, como se inchados de leite, robustos, deliciosos. Ela se sentiu de alguma forma envergonhada de seu próprio corpo chato como uma tábua de ferro. Ela olhou para os ombros da garota, que eram tão musculosos que quase a faziam parecer que não tinha pescoço; mirou seus braços grossos como os de um açougueiro; e o seu estômago, que estava sendo sufocado pelo zíper. Ela certamente não parecia alguém que estava passando fome. Especialmente em comparação a Özgür...

O céu foi iluminado mais uma vez pelos últimos fogos de artifício; retardatários que haviam perdido o verdadeiro *show*. De repente, Özgür acreditava estar em um musical. Como se, em pouco tempo, ela e a garota fossem dar os braços e cantar algumas canções alegres juntas; como se elas fossem girar e pular e girar algumas figuras extravagantes, dançando e agitando suas garrafas brilhantes entre os carros sucateados. Uma adaptação carioca de West Side Story!

A fora da lei novata interpretou mal o olhar de Özgür; ela pensou que estava tentando avaliar seu oponente na abertura do que seria uma luta até a morte. Ela segurou mais firme sua arma.

Todos os músculos de seu corpo ficaram tensos, fazendo parecer que ela de repente passou por um surto de crescimento; uma expressão feia se espalhou por seu rosto. "Eu-preciso-me-mexer-merda-preciso-reagir-preciso-fazer-alguma-coisa-agora." As palavras corriam pela cabeça de Özgür de forma irregular como código Morse. Aqueles seios descarados se espalharam diante de seus olhos, distraindo-a. Do nada, ela se tornou a atriz principal de um melodrama barato. No entanto, ela mesma se sentia como um espectador que, cansado de melodramas, tinha sido arrastado à força para o teatro. Ela estava lá e não estava. Assim como nos pesadelos, ela viu a pessoa que ela sabia ser ela mesma progredir passo a passo para um fim inevitável, mas sem poder intervir.

"Dólares, gringa, dólares!"

Ela se encolheu violentamente como se tivesse recebido uma chicotada nas costas. A palavra gringa a tirou de seu estranho estado de estupor. A adolescente cabeça de pássaro com peitos bovinos pensava que ela era uma turista e não havia percebido que Özgür vivia em estado de semi-inanição. Ela não estava vendo sua bolsa esfarrapada e os *jeans* rasgados nos joelhos? Como ela não via que Özgür era uma defensora das pessoas de rua, que ela era uma defensora das vítimas, dos oprimidos, dos perdedores consumados! Ela não era uma turista, mas uma vagabunda abandonada. A espada finalmente saiu da bainha. Özgür fez seu movimento. Ela pegou uma garrafa quebrada que estava na calçada. GRINGA! Ela quase gritou, por despeito, revolta, raiva.

"Agora quero ver você vir e pegar a bolsa, hein? Se você puder! Meu nome não é gringa! Você me escuta? Eu não sou GRINGA!"

Ela tomou respirações curtas e tensas, como se estivesse tendo um ataque de asma. Seus olhos se estreitaram e seus lábios se esticaram com força, revelando seus dentes inferiores. Agora ela também tinha a mesma expressão que observara no rosto da mulata pouco antes. Naquele momento, não lhe ocorreu que ela poderia morrer, ou ser morta. Ela havia esquecido completamente o conceito de morte, que a envolvia como hera ao longo de sua vida. Ela estava em um transe que beirava a insanidade. Em frente a ela havia uma garganta marrom-escura, disforme e macia, sua jugular visivelmente pulsando; isso foi tudo. Isso e os seios sinistros saindo daquela blusa...

O rosto da jovem estava tão silencioso quanto uma pedra. Apenas seus olhos revelaram, por um fugaz segundo, uma vaga surpresa. Seus olhos estavam fixos em... Não, não em Özgür, mas em algo atrás dela. Passos se aproximando gradualmente... Um, dois, três... cinco passos. Como os passos que um preso à espera de sua execução no corredor da morte ouve ao amanhecer... Özgür contou cinco passos no barulho ensurdecedor, como se uma cidade inteira estivesse desmoronando em seus ouvidos. Ou talvez os fogos de artifício tivessem explodido novamente. Uma mão de aço agarrou seu coração e com uma força terrível o empurrou para baixo, em direção ao estômago. Um clique. O sopro inevitável e letal de uma bala deslizando no cano. Uma realidade irreversível e impiedosa muito intensa para negar... E ela pensou ter ouvido um som de assobio também. Aquele assobio estranho que ela ouviu ao descer Santa Teresa, e que parecia o som de um pássaro gigante abrindo suas asas... O homem com cara de assassino! Claro, havia dois deles! O método de assalto mais popular do Rio! Como ela foi enganada! Caiu em uma armadilha que nem mesmo o turista mais inexperiente cairia. Sentiu algo quente escorrer por suas pernas, que naquele momento parecia manteiga derretida. Pela primeira vez em sua vida, estava fazendo xixi nas calças.

"Ainda não acabou. Eu ainda tenho uma chance. Vou jogar fora a garrafa. Não, eu vou colocá-la para baixo, lentamente. Não! Primeiro, direi a eles que me rendo, e depois a deixo de lado. Façam o que fizerem, não faça movimentos bruscos! Não os incomode! Tudo tem que acontecer devagar. Vamos, agora reúna suas forças e fale! FALE!"

Silêncio... Sua língua estava amarrada em um nó tenso; nem uma única palavra saía de sua boca. A garrafa escorregou da mão de Özgür e quebrou em seu pé, mas ela não percebeu. Ela colocou a mão direita na bolsa e sentiu o couro quente. Um presente de aniversário de dezoito anos de sua mãe. Ela não tinha visto outra bolsa tão prática quanto aquela nos dez anos que se seguiram. Nela cabia seus livros e seu equipamento de balé, e tinha até compartimentos secretos. Deve haver alguns reais sobrando na carteira. Chaves da casa... Onde ela poderia dormir esta noite? Protetor solar, relógio de pulso, uma lista telefônica com todos os endereços e números de telefone que ela conhecia no mundo inteiro... Seu colar da sorte... Ela passou os dedos pela bolsa, como uma mulher grávida apalpando a barriga. Sentiu uma protuberância. *A cidade vestida de sangue!* A única cópia de seu romance, com todas as suas anotações, cada palavra que ela escreveu nos últimos dois anos, estava naquele caderno verde. A única coisa que poderia dizer ao Rio, a única resposta que poderia dar... Um diálogo em monólogo... "Esqueça isso", ela disse para si mesma em turco. "ESQUEÇA. NÃO VALE A PENA."

Ela, sem dúvida, ouviu a terrível explosão em seus ouvidos, mas não teve tempo de entender. Teve sorte. Antes mesmo de perceber que havia sido baleada, caiu de bruços na calçada, como se estivesse sendo puxada para o chão por uma máscara pesada. Sem ter que suportar uma agonia deplorável, sem experimentar o horror de saber que você certamente morrerá em pouco tempo, sem fazer um único som, ela encontrou sua morte. Na quantidade de tempo que leva para um corpo humano ereto desmoronar no chão... Uma morte discreta, não testemunhada e solitária — exatamente o tipo de morte que condiz com sua personalidade. Uma morte completamente coincidente, completamente sem sentido, sem orações, sem hinos, sem trombetas... Ninguém pode saber se ela sofreu ou não, ou se sua vida passou diante de seus olhos como um rolo de filme... Seu último grito silencioso permaneceu sem resposta no vasto oceano de silêncio.

Os patrulheiros da Delegacia do Catete que faziam a ronda na segunda-feira pela manhã notaram que ela ainda estava agarrada à bolsa. E que seus olhos estavam bem abertos. Não por medo, dor ou horror, mas com uma expressão de concentração mental. Como se, naquele momento, estivesse tentando explicar a própria morte. Em uma cidade chamada Rio de Janeiro, em um domingo comum, convulsionando com fogos de artifício, enquanto o céu se entregava à escuridão mais uma vez após o pôr do sol tropical; enquanto o calor sufocante continuava seu reinado tirânico, apesar da brisa do oceano; enquanto as cariocas acabavam de se maquiar para ir aos bailes de domingo, jantar fora ou ir a um show; quando os ônibus lotados de passageiros de cabelos molhados e cheiro de sal voltavam da praia de Copacabana; enquanto os trabalhadores dos quiosques acendiam as cafeteiras e estendiam os barris de cerveja para os viajantes sedentos que atravessavam uma vasta escuridão; enquanto as crianças de rua saíam para encontrar suas mães para jantar; enquanto a favela Blue Hill anunciava à cidade que o estoque de cocaína da semana já estava à venda, e em algum lugar lá fora, ao longe, melodias corais melancólicas ressoavam; ela estava tentando explicar como era morrer em uma rua cheia de carros velhos, vidros quebrados e manchas de óleo.

Atordoada por ser a heroína de uma tragédia pela primeira e última vez, por estar enfrentando uma realidade indomável cara a cara... Seus olhos abertos em uma busca de adjetivos esplêndidos, imagens cruciais e as palavras mais próximas da própria realidade. Eles estavam tentando transmitir aquele momento único, aquele momento em que a vida se encolhe eternamente em um ponto sem espaço, e assim se expande eternamente. Na verdade, ela tinha morrido exatamente como queria.

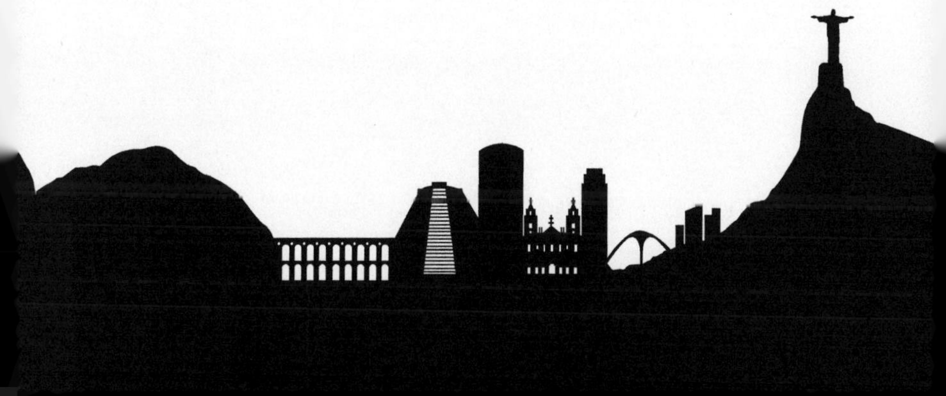

Fonte:
Georgia
Papel:
Cartão LD 250g/m2 e pólen Soft LD 80g/m2
da Suzano Papel e Celulose